ワイルドドッグ

路地裏の探偵

鷹樹烏介

ハルキ文庫

角川春樹事務所

目次

本書はハルキ文庫の書き下ろし小説です。

プロローグ

小さな明かり取りの窓しかない、まるで独房のような部屋だが私には天気がわかる。ゴロゴロという何かが転がる音とともに、歓声が聞こえるかどうか。それが判断材料だ。

ベッド代わりのソファで目を覚ました私は、今日が雨だとわかった。歓声が聞こえないからだ。

ローテーブルの上を手探りでまさぐる。スマホが手に触れた。着信履歴がいくつもあったが、内容を見ないで削除した。

スマホをローテーブルに放《ほう》り出して、タバコの箱を探り当てる。中身は空だった。

「くそ」

罵《ののし》って、空箱を投げ捨てる。やっと身を起こし、掛布団代わりのバスタオルをはねのけてソファに座り直す。

頭痛に呻《うめ》き声がもれた。山盛りの灰皿の中から、比較的長いシケモクを選び出して口に咥《くわ》えた。

ポケットを探って安物のライターを出す。透明なプラスチックのボディを見ると、ガスの残量がないことが分かった。

火がつくことを願いつつフリントホイールを擦《こす》ったが、出たのは火花だけだった。

ゴロゴロと何かが転がる音が聞こえる。何一つ上手《うま》くいかない目覚めに、イラついてライターを壁に投げつけた。

「うるせぇんだよ！　毎日、毎日！」

この騒音は、百七十年の歴史がある浅草のコンパクトな遊園地『花やしき』のローラーコースターの音だ。一九五三年から現役で稼働している日本最古のローラーコースターらしい。

狭い園内をすり抜けるように走るので、さほどスピードは出ないが、違う意味で怖いそうだ。人気のアトラクションなので、晴れていれば行列が出来て、乗っている連中から歓声があがる。

大雨なら中止。小雨なら間隔をあけて運行するが、利用者が少ないので歓声は聞こえない。

私は毎朝、御年七十のローラーコースターの騒音で起こされ、歓声で天気を知る。まったく、最悪だ。

　また、スマホが鳴る。私はそれを無視して、ライターを探していた。ローテーブルを挟むようにしてソファが二組。ファイルキャビネットが一つ。ライティングビューローが一つ。椅子《いす》代わりの脚立。こいつは独房じみた十畳ほどの部屋の唯一の窓を開けるときの足場にもなる。

　半畳にも満たないスペースの給湯室。トイレ。浴室。

　こんな何もない部屋だ。ライター捜索はすぐに終わった。

「パチンコ店で補充せんとなぁ」

　呟《つぶや》いて、給湯室にあるカセットコンロに点火する。

　近所のパチンコ店には客が忘れた安物のライターが「ご自由にお持ちください」という札がついた籠《かご》に盛ってあり、私はそれを利用していた。

　やかんをそこに乗せる前に、灰皿から抜き出して咥えたままになっていたタバコをそのカセットコンロの火で吸いつけた。

　また、スマホが鳴る。ゴロゴロとローラーコースターの音が聞こえた。シケたタバコのニコチンの効果で、少しだけ苛立《いらだ》ちは解消されている。

　実は寝起きのとき以外、ローラーコースターの音は気にならない。もう、慣れた。

　脚立に乗って、明かり取りの窓を開ける。フィルターギリギリまで吸ったタバコは、灰皿に押し込む。

また、スマホが鳴った。仕方なしに通話ボタンをタップする。

やかんの笛部がかすれた木枯らしのような音を立てた。カセットコンロを止め、マグカップの埃《ほこり》を息を吹きかけて飛ばし、瓶からインスタントコーヒーの顆粒《かりゅう》をざらざらとあけてやかんの湯を注ぐ。分量なんて、適当だ。

『やっと出た。死んでいるかと思ったぜ、松戸《まつど》』

酒焼けしたような声が私を呼び捨てにする。電話をかけてきたのは予想通り、元・同僚の紅林拓海《くればやしたくみ》だった。だから出たくなかったのだ。

「生きてるよ」

コーヒーの香りがする、苦いだけの液体を飲む。寝ぼけていた頭がすっきりとし始めていた。

『元気かなと思ってよ』

嘘《うそ》つけ。こいつは、用事がある時以外は私に連絡をしない。

「捜二の知能犯係の係長だってな。警部《オブケ》に昇進か？」

同じ教場で研修を受けたなかで、紅林は出世頭だった。準キャリアのコースで三十五歳ならまぁまぁ出世は早い方だ。

『まぁな。競争相手が減ったからな』

チクリと胸が痛む。私は同じ捜査二課から不名誉な形でドロップアウトしてしまっていた。紅林なんぞより、よっぽど上には期待されていたのだが。

「こっちは忙しいんだ。世間話なら通話を切るぞ」

忙しい……は、私のちっぽけなプライドが言わせたものだった。昼近くにもそもそ起き出して、シケモクを吸っている時点でお察しというところ。

『まて、まて。頼みがあるんだよ』

ほらな？　やっぱりロクなもんじゃない。いつだってこいつの『頼み』はたいがいトラブルの元だ。

「断る」

私の即答に紅林のため息が聞こえた。

『見栄張るなよ。銭なくて困っているんだろ？』

なるほど、コイツの認識はこうか。

私には仕事がないが、実は金には困っていない。だがそんなこっちの手の内を見せることはあるまい。

「まぁな」

私が喰《く》いついたとみて、紅林が詰めてくる。

『お前がやってる、便利屋だっけ？　興信所もどき？　そこの共同経営者になりたいって人がいるんだよ』

これは嘘だ。紅林は嘘をつく時にやや語尾の音程が上がる癖がある。私だけが気付いている微《かす》かな癖だ。

「共同経営者ね」

『資産家なんだ。だが、ちょっと訳ありでね。就職先に警察官を希望していたんだが、採用を見送られてしまったんだよ』

これは本当だ。紅林は名うての嘘つきなので、虚実を上手に混ぜてくる。

「身内に反社がいたんだな」

資産があって、警察に採用されないのなら、ヤクザに間違いない。

『うん……まぁ、そういうことだ。さすが、鋭いな』

こんなのは推理の範疇《はんちゅう》にも入らない。紅林のおべんちゃらに、さぁっと怖気《おぞけ》が背中に走った。

『身内に反社がいたので、警察には入れん。だが、惜しい人材なんだ。正義感があり、武芸百般を身につけ、社会に貢献したいって強い希望がある。お前の手で、一から仕込んでやってくれないか？』

嫌なこった……と、喉《のど》から出かかった言葉を私は飲み込んだ。

「不祥事で懲戒免職になった悪徳警官だぞ、私は。いいのか？」

『お前はハメられた。そんなことは皆分かっている。自虐はよせ』

懲戒免職で警視庁を蹴《け》り出された『元・警察官』が、自暴自棄になって犯罪に手を出さないように、警察の下請けで興信所の真似事《まねごと》をさせられている――。それが、紅林から見た私だ。

「まぁいい。家賃を半分もってくれるだけでも助かる。引き受けるよ」

金《エサ》をチラつかせれば、涎《よだれ》を垂らす路地裏の野良犬。紅林が私に投影しているイメージそのままを演じてやった。

それで、紅林は安心するだろう。

私は、元・同僚たちを一人も信用していない。

頭がすっきりすると、今度は腹が減った。ポケットに丸めた千円札があるのを確認し、安物の折り畳み傘を持って事務所兼住居を出る。

細い路地を抜けて『ひさご通り』という小さな商店街に出る。商店街はアーケードになっているので傘を畳んだ。

創業一八八六年というから明治十九年からやっている老舗《しにせ》の牛鍋屋《ぎゅうなべ》の脇《わき》を通る。たしか、ロバート・ルイス・スティーブンソンが『ジキル博士とハイド氏』を出版した年だったか。

その牛鍋屋『米久《よねきゅう》本店』の斜め前にあるコンビニエンスストアに入る。そこで、握り飯を一個とタバコを買う。

店員は、中国人の楊《ヤン》という男だ。記憶力がいいのか、私が指定しなくても『セブンスター』を棚から出してくる。

「やぁ。今日は生憎《あいにく》の雨だね」

「そうですね」

挨拶《あいさつ》を交わす程度には顔見知りになっている。ポケットから千円札を出す。楊は苦笑してその札の皺《しわ》を伸ばしてレジに入れた。今は、ニセ札を鑑定する機能がついたレジスターが、札を吸い込んで釣銭を吐き出す仕組みだ。

引き出しが開くタイプの古いレジより、セキュリティ的にもいい。

「松戸さん、お財布買った方がイイヨ」

「そうするよ」

何度同じ会話をしたのかわからないやりとりをする。

コンビニエンスストアを出て、傘をさして六区ブロードウェイに出る。

ここは映画館や演芸場が並んでいたのでそう呼ばれている。ポルノ映画専門、任俠《にんきよう》映画専門など、尖《とが》った映画館が存在し、ファンも多かったが、残念ながら映画館は撤退してしまった。

だが、ストリップの『浅草ロック座』、演芸の『浅草フランス座』、『浅草演芸ホール』などは健在で、エノケンやロッパ、コント55号、ツービートを生み出したエンタメの聖地としての気概は残っている。

私は、場外馬券売り場の並びにあるパチンコ屋に入った。

「ああ、松戸さん。ライターありますよ」

従業員でホール担当の男が、私を目ざとくみつけて声をかけてくる。

たしか、この男は韓国からの留学生だ。ずっとこのパチンコ屋で働いているので、いつ専門学校に通っているのか知らないが。

彼の名札には『南宮《なんぐう》』と書いてある。これは漢字表記で、実際にはナムグンと読むらしい。細身ながらがっしりとした体つきをしているので、何かスポーツをやっているのかと聞いたことがある。跆拳道《たいけんどう》をやっているらしい。

バスケットに入った大量の使い捨てライターを南宮が持ってくる。私はそのうち、比較的ガスが多く入っている二つを選んで、ありがたく頂いた。

「松戸さん、たまには、打っていってくださいよ。こっそり甘釘台《あまくぎ》教えますよ」

「遊興《ゆうきょう》に回す銭なんかないよ」

これも、何度交わされた会話かわからない。こんなライターをもらいにくるだけの、客でもない私が邪険にされないのは、元・警察官であることを店が知っているからだ。パチンコが警察利権というのは業界の暗黙の了解だった。パチンコ店は保安担当として警察OBを雇い入れ、警察はその対価に後見役《ケツモチ》となる。

南宮の黙認をいいことに、漫画本などを置いてある休憩スペースで、コンビニエンスストアで買ってポケットに突っ込んだままの握り飯を食べる。サービスのお茶があるので、それを給湯器から注《つ》ぎながら、タバコのフィルターを剝《は》がす。

喫煙所に、紙コップのお茶を持ち込んで、やっとまともなタバコを吸った。煙にセンサーが反応して換気扇と空気清浄機が動き始める。タバコは、蹴り出されるようにして警察を辞めてから吸い始めた。私の堕落の象徴だ。

厚かましいことにトイレまで借りて、南宮に手を振って「帰る」と身振りで伝える。南宮が愛想笑《あいそ》いを私に送ってきた。店側にしてみれば、元・警察官がうろついていることに意義があるのだろう。これも、私の堕落の象徴だった。

私は、自暴自棄になったダメ人間になっていないといけない存在なのだ。

第一話　『ハイノリ』

私は『ひさご通り』に戻り、事務所兼住居に向かった。

霧雨は一ヵ所骨が折れている折り畳み傘を音もなくしっとりと濡《ぬ》らすばかりだった。

いつもは賑《にぎ》わう『花やしき』も、今日は園全体が雨に佇《たたず》んでいるように感じる。

私は事務所の入り口に雨宿りしている女性を見た。無許可の探偵……というよりは何でも屋をやっているが、飛び込みの客は皆無である。信頼できる知り合いか、身元がしっかりしている者でないと、私は仕事を受けない。

そもそも事務所の看板すらないのだ。事情を知らない者が見れば、この建物は廃業したラブホテルそのものだ。

その女性は困惑しているようだった。見たところ年齢は若い。おそらく十代だろう。何度もスマホを見て住所を確認しているようだ。

捜査第二課知能犯係長の紅林から電話をもらったことを思い出す。身内に反社会的な人間がいて、警視庁の試験に落とされた人物がいる……という話だった。私はその人物と事務所を共同経営することになっていたのだった。

勝手な思い込みで、相手は男とばかり思っていたが、まさか十代の少女だったとは。

「くそ……紅林め……」

資産家で身内に反社がいる少女など、厄介事の予感しかしない。

ため息をつきつつ事務所に向かって歩いていると、少女が私に気付いたようだ。

さっと私の全身を観察し、特徴を記憶する目配りだった。街角に立ち、指名手配犯のリストを脳に叩《たた》き込んで、雑踏からそれらを見分ける『見当たり捜査』の動きだ。

――小賢《こざか》しい。

それが、これから共同経営者になる少女の第一印象だった。

女性にしては長身。百六十五センチはあろうか。姿勢はいい。追加で私のスマホに送られてきた紅林の情報だと剣道二段という話だった。アーモンド形のややつり目と引き結んだ唇のせいでキツい印象を与えるが、かなりの美人だった。

警察官の試験を受けるつもりだっただけあって、髪は短い。多分『ショートボブ』とかいう髪型だろう。警察学校は男女問わず短髪が原則だ。

「松戸一郎《いちろう》さんですか？」

彼女は言い淀《よど》まない。自信があり真直《まっす》ぐに斬《き》り込むタイプに見えた。

――生意気。

それを私の心の中にある観察記録に書き加える。

「そうですけど、あなたは？」

折り畳み傘を畳みながら、答える。彼女が背筋を正したのが私の眼《め》の隅に映る。

「申し遅れました。私は須賀田依美《すがたえみ》と申します。紅林さんから、ここを訪ねるように言われまして、お伺いいたしました」

堅苦しいしゃべりと、言葉の選び方。躾《しつけ》は親から普通に受けていたようだ。

「今朝、聞きました。事務所はこの非常階段を上がって二階です。エレベーターは稼働していません。廊下の電球も切れていましてね」

薄暗い屋内に招き入れられることに躊躇《ためら》いを感じた様子だったが、意を決したように須賀田は私の後に続く。

彼女の右手がポケットを叩いて何かを確認したのを見る。さりげない仕草だったが、それを見逃さない程度の刑事の残滓《ざんし》は、私にもある。ＩＣレコーダーでも入れているのだろうか？

事務所にしている部屋の扉を開ける。

須賀田と名乗った少女が、思わず鼻を塞《ふさ》ぎ「臭《くさ》っ」と呟《つぶや》く。染みついたタバコの臭《にお》いだろう。非喫煙者には悪臭だ。

「空気を入れ替えよう」

椅子《いす》代わりの脚立に乗って、高い位置にある窓を全開にする。同時に給湯スペースのものも含めて二つある換気扇も作動させた。

「不意打ちだったので、失礼なことを口走ってしまいました。申し訳ありません」

ぺこりと頭を下げて須賀田が謝罪する。今回も言い淀むことなくきっぱりとした口調だった。

「君の事情は大まかに紅林警部から聞いている。共同経営者として出資して、私と共同経営者になる……ということだったね」

須賀田が探るような目をして私を見ている。いかにも唐突な申し出に、私が気を悪くしていないかどうか測っているのだろう。

「私が警察をどうやって追われたか、聞いていますか?」

やや気まずそうに須賀田が頷《うなず》く。

「警察は、退職した警察官が不祥事を起こしてマスコミに『元・警察官が～』と報道されないよう気を配っている」

キャビネットから書類を出しながら、私は話を続けた。須賀田がソファ兼ベッドに座っていた。

浅く腰かけているのは、人工皮革のソファが汚いからだろう。まぁ、毎日ここで寝ていれば、寝汗などで汚れるし臭う。

「それで、警察官が退職すると、天下り先を紹介するわけだ。親切で……というわけではない。野良犬に首輪をつけて『悪さ』しないように、監視しているってわけだ」

コンビニエンスストアの弁当の空き容器や、山盛りの灰皿や、空になったビールの缶をローテーブルの片隅に寄せながら、キャビネットから取り出した書類をドサッと乗せる。

灰皿に積み上がった吸殻《すいがら》が崩れて、何本かがローテーブルの上に転がり落ちる。

須賀田の眉宇《びう》に一瞬、嫌悪の縦ジワが刻まれ、すぐに消えた。

「この事務所は、野良犬になった警察官を鎖につないでおくための仕組みだ。警察の息がかかった調査機関と思えばいい。なので、今は私が経営者となっているが、思い入れなどは皆無。私に余計な気を使わなくていい」

私は安物のアルミの灰皿を持って、カセットコンロがある給湯スペースに移動した。

頭上では、カタカタと陰気な音を立てて換気扇が回っている。可燃ごみのゴミ箱にしている蓋《ふた》付きの小さなバケツに山盛りの吸殻を捨てた。

このバケツには、いつ捨てたのかわからないタマネギがミイラ化して中にあり、吸殻がそれを埋める。

　ポケットから一本『セブンスター』を出して、パチンコ屋でもらった使い捨てライターで火をつける。最初の一口を吸いつけると、紫煙が換気扇に向かって流れた。

「あなたの前に置いた書類は、この事務所の賃貸契約や登記関係の書類や財務諸表になる。登記変更手続きや、挨拶《あいさつ》回りをする場所がどこか、財政状況はどうなっているかなどは、読み込めばわかるはずだ。浅草に土地勘は？」

　積み上がった書類を見ながら、

「全くありません」

　と、須賀田が答えた。

「契約書と登記と事業届の変更手続き、そして街歩きが、君の最初の仕事ってことだな。事務所のスペアキーは、キャビネットの中にある」

　私は須賀田の近くでタバコを吸うのを遠慮して吸いさしのタバコを灰皿に押し付けて消し、彼女の前に立つ。

「これから出かける。何かあったら、ここに電話なりメールなりしてくれ」

　めったに使わない名刺を須賀田の前に置き、着替えの入ったトートバッグをキャビネットから取り出す。

彼女は高校を卒業したばかりなので、十八歳か十九歳の少女である。いきなりの難題にどう取り組むか、これが入所試験といったところだ。

「わかりました」

課題に怯《ひる》むことなく、ひらりと笑って須賀田が答えた。彼女は大人びたクールビューティだったが、笑うと年齢相応の幼さが出るのがわかった。

「何時にここに戻るのかわからない。適当に切り上げて帰っていい」

「そうさせて頂きます」

†

私は、骨が一本折れている折り畳み傘と着替えとタオル類が入ったトートバッグを持って、事務所の外に出た。

再び『ひさご通り』を抜けて今度は『国際通り』に出る。『ROXビル』を左手に見ながら、『東京シティマラソン』でおなじみの『浅草雷門』がある『雷門通り』にかかる信号を渡った。そのまま『浅草通り』と交差する十字路まで歩く。

霧雨《や》は止みつつあり、傘を差す者、差さぬ者が半々になっていた。私はそのまま傘を差していた。

十字路を左に曲がれば、私の出身校の『台東区立田原小学校』がある。右に曲がれば『浅草郵便局』があり、そちらに足を向ける。

歩きながら考えるのは、私の習性だ。身に覚えのない不祥事で、蹴《け》り出されるようにして警視庁を追われてから、時間を持て余していることもあり、歩く回数が増えた。

警視庁刑事部捜査第二課知能犯係……私が勤めていた部署。今は同期の紅林が係長になっていて、本来は私に約束されたポストであった。

増える一方の特殊詐欺事案等に対抗すべく新設された係で、捜査第二課を中心に第四課からの出向も含む混成チームだった。

第四課が入るのは、特殊詐欺の元締がヤクザであることが多いからだ。ヤクザ相手は、第四課の刑事独特の気配が必要なのだ。ビジネスマンと区別がつかない第二課の刑事ではヤクザに舐《な》められてしまう。

係長候補として、私が準備していたのは、数件の詐欺《ゴンベン》事案と汚職《サンズイ》事案。それに、これから多くなることが予測される外国人犯罪者の背乗《ハイノ》り事案。この背乗り事案に関しては、警視庁公安部外事第二課からの協力を得る予定になっていた。

背乗りとは外国人犯罪者が日本人の身分を乗っ取る犯罪で、二〇一一年以降、増加傾向にある。

　国家公安委員会に某国のスパイが紛れ込んでいたことがあり、その際の情報のダダ漏れが案件増加に影響している。今は、捜査体制の立て直しの最中で、警察庁警備局、警視庁公安部の重点対策事案の一つだった。

　詐欺事案、汚職事案、背乗り事案……。これのどこかに踏んではいけない地雷が隠されていて、私はそれで吹っ飛ばされてしまったというわけだ。

　同期の中で紅林が生き残ったのは、優秀だからではない。警察の仕事に興味がなかったからである。紅林は私と違って、犯罪より自分の保身や手柄の横取りのほうに傾注しているタイプだ。

　残念なことに、こういう奴《やつ》がしぶとい。運よく『地雷』も踏まなかった。

　紅林は私の後見役《ケツモチ》を気取っていて、私の首輪につながる鎖を持っている気になっているようだ。

　須賀田を引き取ることの他に、紅林経由で調査を依頼されている案件があり、私はそれに取り掛からなければならない状況だった。

　毎朝《まいあさ》新聞が株主になっている教育機関の役員の素行調査で、こういうのは、捜査第二課の得意分野だ。すでに予備調査は終えてある。

その教育機関『NPO法人毎朝教育綜合研究会』の執行役員・山之内正弘を調べてほしいという依頼なのだが、ざっと見たところ事件性はない。

二〇一五年以降、ホームページも更新されておらず、役員名簿も公示されていない団体だった。

毎朝新聞の知合いに対象団体のことをさりげなく聞いてみたが、

「選《え》りすぐりの無能が飛ばされる墓場みたいなところさ」

と、笑っていた。毎朝新聞内では『研究会送り』という言葉もあるらしい。

紅林は、自分の保身と出世にしか興味がないが、馬鹿ではない。特に利用できそうな馬鹿を嗅《か》ぎ分ける嗅覚《きゅうかく》は鋭かった。山之内は紅林のお眼鏡《めがね》にかなったということか。

正式な捜査ではなく、『鎖につながれた野良犬』である私に依頼することから、非合法性が推察できた。

調査期限も特に設定されていないので、先を見越しての布石なのだろうと私は推測している。おそらく、山之内の弱みを握ったうえで協力者に仕立てるのだろう。

警察の協力者——通称『S《エス》』——は、公安の専売特許と思われているが、実は企業の不正、政治家の汚職を扱う捜査第二課も多く抱える傾向があった。

無論、こんなのは違法だ。違法なので文書に残せない。そのため、報酬は足のつかない機密費から出る。私への報酬もそこから支出されている。

機密費とは、表向き存在しないことになっているストックされた金のことで、警視庁では『互助会』と呼ばれる曖昧《あいまい》な組織が管理運営しているという噂《うわさ》がある。

私は、巨大なコック像が目印の『ニイミ洋食器店』まで歩いていることに気付いた。

ここは、和洋中華の食器店が軒を連ねる『かっぱ橋道具街』の入り口にあたる。近年は食品サンプルが外国人観光客に人気なスポットになっていた。

コック像に見下ろされながら、『浅草通り』を横断し、通りをはさんで反対側の歩道に移動して引き続き更に上野駅方面に歩いてゆく。

地下鉄稲荷町《いなりちょう》駅の出口があるあたりで『浅草通り』から逸《そ》れて左に曲がる。すると、賑やかな表通りから一転、静かな裏路地になる。その裏路地にひっそりとあるのが、『日の出湯』という銭湯だった。

ポケットから回数券を出してフロントに渡し階段を上がって脱衣所に向かう。

これからは、若い女性と狭い空間に同居しなければならないので、体臭に気を使わなければならない。齢《よわい》三十代半ばを過ぎれば、私は女性が嫌う加齢臭も漂わせているかも知れなかった。せいぜいマメに銭湯に通わなければならない。

ざっと体を洗ったあと、樹齢千年の古代檜《ひのき》で造られた浴槽《よくそう》に身を沈める。空《す》いている時間に銭湯に入ることが出来るのは、自営業者の特権みたいなものだ。檜の清冽《せいれつ》な匂《にお》いのする浴槽の縁《へり》に頭をもたせて、高い天井を見る。

須賀田依美と山之内正弘。紅林に押し付けられた二つの案件は、どちらも気に入らない。だが、やらざるを得ない。

†

銭湯から外に出ると、雨はすっかり止んでいた。雨上がりの空気を嗅ぐ。濡れたアスファルトの匂いは、嫌いじゃない。

下着類も新しいものに着替えて、気分もいい。

その足で、上野駅近くの貸倉庫に向かう。貸倉庫の中には耐火金庫が一つ置いてある。私はポケットから鍵《かぎ》を取り出してまず貸倉庫の錠を開けると、中の金庫のダイヤル鍵を廻《まわ》した。

耐火金庫の中には百万円の札束が十個積まれている。そのうちの一つの封を切り、適当に二十枚ほどをスーツの内ポケットに入れた。

上野駅の他、池袋駅、新宿駅、渋谷駅、品川駅の近くの貸倉庫に同様の金庫が置いである。合計五千万円。これが私の隠し財産だった。

私は蹴り出されるようにして警視庁を追われた。理由は今もわからない。

警視庁刑事部捜査第二課知能犯係設立メンバーの一人として選抜されたが、身に覚えのない収賄の責任を取らされて、懲戒免職となった。私が集めたメンバーも、バラバラにされてしまった。

何があったのか？　その背景を部下になる予定だったメンバーが各自で調べ始めると、なぜか事故と不祥事が連鎖した。

背乗り事案を担当してもらう予定だった公安部外事第二課の久我《くが》は事故死した。痴漢冤罪《えんざい》で、私の右腕になってもらう予定だった有能な後輩、内山《うちやま》は職を追われた。捜査第二課には欠かせないPCの専門家である古木《ふるき》は自殺した。彼女が自殺するようなタイプではないことを私は良く知っている。

捜査第四課から出向予定だった小林《こばやし》は、彼を逆恨みしているヤクザに刺されて死んだ。

小林を刺したヤクザは行方不明となり、後日、利根川《とねがわ》で水死体となって見つかった。

私は通勤時、ホームで電車の到着を待っていた際に、突き飛ばされて線路に落ちた。転がって危うく車輪を避けることが出来たのは、運が良かっただけだ。火花を散らせた車輪が鼻先を掠《かす》めた時の金属臭は今でも忘れることが出来ないでいる。

納得がいかなかった私は、何度も危ない目に遭《あ》いながら、背景を探っていった。

私は用心深い性格だ。なので、死神の鎌《かま》を躱《かわ》すことができたのである。

正体不明の敵が方向転換したのは、私の懲戒免職が正式に決定してから。身一つでも背景を探るつもりだったのだが、ある書類封筒を受け取ったことで今のダメ人間の生活を送るようになってしまったのである。

封筒に入っていたのは、四社のメガバンクの私名義の通帳とカードと印鑑だった。各一千万円ずつ入金されていた。そして、手紙が一通入っていた。

「もういい。手を引け」

それだけが書かれていた。警察官でなくなったことで、敵にとって私の危険度が下がり、札束で顔面を殴りつけて黙らせようとしたのだろう。

この金は、本来私が警察官を勤めあげていれば受け取ったはずの給料の一部と、懲戒免職ゆえに支給されなかった退職金の代わりだろう。

尾行や監視をされているのはわかっていた。これらを振り切るために何をすべきか？

正体不明の敵の望む人物になりきることだと私は判断した。

私に成りすまして銀行口座を開設できる相手だ。いざとなれば預金口座を取引停止にすることも出来るだろう。

私が札束に負けたふりをして着手したのは、資金の移動だ。中央競馬、地方競馬、競輪、競艇、オートなど、自暴自棄になって公営ギャンブルに入れ込んだ男を私は演じていた。

これだけギャンブルを掛け持ちすれば、あっという間に貯金は溶ける。私はせっせと『賭《か》けたことにして、実際は使わなかった金』を上野駅、池袋駅、新宿駅、渋谷駅、品川駅近くに契約した貸倉庫にストックしていった。

これには、痴漢冤罪で嵌《は》められた後輩の内山が協力してくれた。

久我、古木、小林の三人より、彼は捜査第二課知能犯係に深く係《かかわ》る前だったので、命までは狙《ねら》われなかったらしい。

二年の歳月をかけて『すっかり身を持ち崩した男』となった私は、同期で唯一警視庁に残った紅林に金の無心をするようにした。

正体不明の敵に与えられた銀行口座はどうせ監視されていて、すっからかんなのはバレている。尾行班の情報から、私が追跡調査をしていないこともわかっているはずだ。

紅林は『かつて優秀な猟犬だったが、今は路地裏の野良犬』となった私の鎖を持っていることに満足し、私をいいように使っている。

私の後見役《ケツモチ》を紅林がするようになって、ようやく尾行と監視が外れた。

腑《ふぬ》抜けを演じ続けた私の勝ちだ。

新規事業である捜査第二課知能犯係の初期メンバーは全員入れ替わり、無能ではないが仕事に熱心ではない紅林が係長に就任することで、正体不明の敵が望む姿になったのだろう。

最後まで反抗していた私は残飯を漁《あさ》る野良犬になったと敵は思っている。

私が手掛ける予定だった事案は、ギリギリまで警察にしがみついて密《ひそ》かに全部持ち出していた。

閲覧が制限され、コピーも不可となってしまったが、昔ながらの方法である『資料を写真に収める』ことで不法に持ち出すことが出来たのだ。

デジタル画像を、再び文書としてデータ化するのは、気が遠くなるほどの膨大な作業だったが、幸いにして私には時間だけはたっぷりとあった。

オフラインのノートPCにその資料は蓄積されている。バックアップとしてUSBにも記録してあった。

†

廃ラブホテルである事務所に戻る。時間は深夜に近い。上野の耐火金庫から出した金で新しいノートPCを買い、二十四時間営業の貸倉庫の中で作業をしていたのだ。USBから捜査資料をダウンロードし、作業場として体裁を整えておいた。須賀田という闖入者《ちんにゅうしゃ》が事務所に入り込んできたので、私が探求しなければならない事案を邪魔されずに調べられる場所を作らねばならない。

須賀田に私が警視庁から持ち出した資料を見られるのは避けなければならないし、作業している姿を見られるわけにもいかない。

上野、池袋、新宿、渋谷、品川の全《すべ》ての拠点を整えるのにだいぶ時間がかかってしまった。

浅草の事務所に帰ると、内部は見違えるようにきれいになっていた。

ライティングビューローは部屋の隅に追いやられており、花瓶に花が活《い》けてあった。質素な灰色のオフィス机と椅子が二セット用意されて北側の壁に並んでおり、間をパーティションで区切られてあった。

大型の空気清浄機がゴンゴンと音を立てて回っていて、ヤニ臭かった部屋の空気が浄化されていた。

須賀田に預けた登記関係や契約書関係の書類の束は、私に割り振られたらしい入り口から入って左側のデスクの上に積み上げてあった。

几帳面《きちょうめん》な字で書かれた便箋《びんせん》もおいてあり、それは須賀田の伝言だった。
・事務所のレイアウトを変えてしまったことへの詫《わ》び
・業者による清掃を入れたことと、その料金についての報告
・新しいオフィス家具を購入したこと
・登記手続きが終わったこと
・賃貸契約書関係の変更手続きが終わったこと
・共同経営に移行するにあたっての内規の明文化についての提案があること
・給料についての取り決めをしたいこと
などが書かれてあった。これを半日で片付けたのなら、大した事務処理能力だ。つい先日まで高校生であったのに。

清掃やレイアウト変更に関しては業者によるアウトソーシングを使ったようだ。登記関係も、行政書士などのプロを頼ったと見える。

賃貸契約内容変更は、個人経営の不動産屋に行かなければならないが、経営者である高橋《たかはし》は若くて美人な女性が大好きだ。三十代半ばのくせに十代後半の少女がストライクゾーンの変態野郎なので、さぞスムーズに手続きは終わったと思われる。

街歩きは、人力車を使ったらしい。浅草には観光名所をまわる人力車が雷門周辺に待機しており、ぐるりと浅草を廻りながら街の解説をしてくれる。

須賀田はやることにソツがない。効率的だ。つまり、可愛《かわい》げがないのだ。

「生意気な」

申し送り事項が書かれた便箋をくしゃくしゃに丸め、給湯スペースにあるごみ箱に投げる。それはすっとごみ箱の中に消えた。

紅林が須賀田の才能を惜しむ理由がわかった気がする。紅林は利用できそうな者を見つけるのが、昔から上手かった。

ノートPCを立ち上げて、マニュアルを作る。私は須賀田の才能を認めてしまっていた。反社の身内さえいなければ、いい刑事になれただろう。

私は彼女を山之内の素行調査に同行させることを考えていた。彼女に足りないのは『実戦』である。

経験が浅いほうが貪欲《どんよく》に知識を吸収するものだ。頭でっかちになる前に、現場に叩き込むのは捜査第二課時代の私の教育方針であった。

須賀田が近所のコインランドリーで洗濯したらしく、ふわふわでいい匂いのするバスタオルをキャビネットから引っ張り出して、ソファに横たわる。事務所の中が整理整頓されすぎていて、妙に落ち着かない。

めずらしく紅林がこだわる『NPO法人毎朝教育綜合研究会』の山之内の事を考えていた。無能と評価されている山之内の素行を惰性で調べていたが、須賀田の練習相手に……と思って洗い直してみると、色々と気になるところが出てきた。

山之内正弘は、『NPO法人毎朝教育綜合研究会』という、毎朝新聞が株主になっている無能の吹き溜《だ》まりのような場所に飛ばされている。

紅林はなぜ山之内に興味をもったのか？　なぜ、わざわざ私に素行調査を頼んだのか？　もっと慎重に対処すべきだった。私は、腑抜けを演じているうちに、本当に腑抜けになりつつあったらしい。

珍しいことに、トロリと眠気が襲ってきた。私はもともと不眠症の気があったのだが、バスタオルに使われた柔軟剤の匂いが好みだったのかもしれない。

体を丸めて眠る。ストンと睡眠の深みに私は落ちていった。

気が付いたら、朝の六時だった。七時間以上も夢も見ずに深く眠った計算になる。こんなことは、一年に数えるほどしかない。

須賀田が設置した空気清浄機はずっと稼働中で、だいぶ室内のヤニの臭気は薄れているように感じられた。

ハンガーに吊《つ》るしたスーツのポケットから安物の使い捨てライターと、封を切ったばかりの『セブンスター』を取り出して、給湯コーナーに向かう。

換気扇のスイッチを入れて、タバコを吸う。カセットコンロにやかんをかけて、洗って水気をきるために伏せておかれたマグカップにザラザラとインスタントコーヒーの顆粒《かりゅう》を入れる。

マグカップは、コーヒーを飲んだ後そのままシンクに置きっぱなしにして、再度使う時は埃《ほこり》を払うために息を吹きかけるだけだった。

なので、茶渋で汚れきっていたのだが、須賀田は漂白剤でも使ったのかマグカップはすっかりきれいになっていた。

こうした細々とした日常の所作からプロファイリングしようとするのは、私に残った刑事の残滓か。

第一印象は裏表のない人物に見えた須賀田だが、紅林が監視のために送り込んできた密偵である可能性はある。

沸騰したやかんのお湯をマグカップに注ぐ。コーヒーを飲み、タバコを吸った。

思考はすぐに、監視対象の『無能』山之内正弘に飛ぶ。記憶している情報を頭の中でおさらいしていく。

陰毛を思わせる汚い縮れ毛《ちぢ》は、すでに薄くなっている。年齢は五十になったばかりなので若禿《わかは》げの類《たぐい》だろう。

最終学歴は早稲田の政治経済学部卒業。探検部に所属していたが、ほぼ活動には参加せず、名を連ねていただけのようだ。

卒業後、毎朝新聞に入社。海外留学のルポルタージュで社内賞を受賞したが、後ほど大学の後輩の論文を流用しただけであることが発覚して取り消されている。賞金相当額の罰金を科せられ、以降『無能』のレッテルを張られ、無能の吹き溜まりと毎朝新聞社内で馬鹿にされている『NPO法人毎朝教育綜合研究会』の中でも無能が就任するポストである営業部長に就任する。

山之内が研究会に異動したのは八年前の二〇一五年。ちなみに研究会は現在でも細々と活動しているが、HPはその年で更新が途切れている。

ここまで経歴を辿《たど》っても、紅林がうすら禿の陰毛頭の無能である山之内に注目した意味がわからない。

惰性とは怖いものだ。私は紅林の仕事を習慣的に受けることで、刑事としての思考を停止させてしまっていた。

須賀田に状況説明するにあたって、ポイントを整理するうえで、自分の手抜きに気が付いた。ガキのお守りなどうんざりだと思っていたが、新陳代謝になって私にとっては良いのかもしれない。

空腹を感じていた。エネルギーのために食っておくか……という消極的なものではなく、朝からガッツリ食べたい気分だった。

各貸倉庫に設置したノートPCを買ったときの残金が、ポケットの中に突っ込んであるのを確認して、事務所を出る。

裏路地の隙間《すきま》から覗《のぞ》く空は青くて、今日は晴れるのだろうと知れた。

いつものように『ひさご通り』を抜け、ストリップの『浅草ロック座』と量販店の『ドン・キホーテ』の間にある牛丼屋に入った。

空腹に任せて『大盛』を頼もうとしたが、結局食べきれないことがわかっているので、『並盛』を頼んだ。私は牛丼を食べていると、途中で飽きてしまう傾向があった。

†

牛丼屋で朝食を終え、やや胃もたれしながら事務所に戻る。うすら禿の山之内を須賀田の実習に使うこととして、いくつか補足資料を再確認しておかなければならない。事務所のドアの鍵を開けようとしていたとき、隣の部屋のドアが開いたので、私は危うく声を出してしまうほど驚いた。ここは取り壊すこともなくそのまま放置されているラブホテル。ここが廃れた理由は、ここが「事故物件」だからだ。

私が住居兼事務所にしている二階の上で自殺者が出て、以降『幽霊が出る』とSNS上で話題になったのである。

肝試しに不法侵入してくる馬鹿が後を絶たないので、私がここの管理人を兼ねて寝起きしているというわけだ。

幽霊など信じてはいないが、誰《だれ》もいないと思っていたところに突然人の気配がすると驚く。

「おはようございます」

隣の部屋から出てきたのは、須賀田だった。昨日《きのう》のうちに配線工事を終え最低限の家財道具も運び込み、住居としていたらしい。

「お伝えしていなくて申し訳ありません。隣の部屋に住むことになりました」

呼吸を整えるのに十秒ほどを要したが、私は普通にしゃべることが出来た。

「住むのには向かない場所だよ」

須賀田が小首を傾《かし》げた。

「なぜです？　水道もあるし、お風呂とトイレも別ですし、小さな冷蔵庫までありま す。そうそう、お風呂が広くて立派なんです。ジャグジーまでついていました。ボイラー室が稼働していないので、お湯は出ませんが」

まぁ、そりゃあラブホテルだからな……という言葉を飲み込んで、私は咳払《せきばら》いをしてごまかした。

「賃貸住宅にリフォームすればいいのにと思います」

須賀田の意見に、地元でも有名な心霊スポットだからな……と、重ねてこう言いそうになるのをこらえて、私はもう一度咳払いをした。

「オーナー兼不動産業者の高橋に会っただろ？　彼奴《あいつ》が決めることだよ」

「それもそうですね」

住居兼事務所のドアを開けて、須賀田を中に招き入れる。

「共同経営をするにあたり、いくつか取り決めが必要です。レジュメにしてまとめておきましたので、目を通しておいてください」

　就職活動用のリクルートスーツとタイトスカート、踵《かかと》の低いパンプスという姿の須賀田が、自分のデスクの書類の束から二枚のレポートを取り出して、私のデスクに置いた。

「わかった。見ておく。さて、今日は追跡中の事案に同行していただく。キャビネットの中にデジタルカメラがあるので、それを君用にしていい。操作手順を理解しておいてくれ」

　工事現場で使うような、防塵《ぼうじん》、防水、耐衝撃のゴツいデジタルカメラの説明書を須賀田がパラパラとめくる。

「撮影ならスマホがありますよ？　それに、こういうのは一眼レフカメラとか使いませんか？」

　須賀田の疑問ももっともだ。私は真面目《まじめ》に回答してやることにした。

「回答①、スマホが壊れると、その他のデータも全部消える。なるべく機能は分散させておいたほうがいい。回答②、いかにも『尾行しています、盗撮しています』という持ち物は持たないほうがいい。今はデジカメの性能もいい」

　須賀田のレジュメに目を通しながら、そう答えた。須賀田は感心したような目を私に向けている。

「松戸さん、箇条書きにして頭で整理するタイプですね。私と同じです」

そんなことを言って笑っている。なんだか調子が狂う。

「あと、スカートは良くないな。パンツスーツは持ってないのか？」

「まだ、引っ越しの荷物が届いておらず、着替えは学生時代に使っていたジャージしかありません」

仕方なしに就職活動生のような格好の須賀田を連れて、半地下の駐車場に向かう。これから、須賀田を連れて山之内の素行調査に向かうことにしていた。

この建物は元・ラブホテルなので、乗用車五台分の駐車スペースがある。そこに駐車してあるのは、トヨタの『プロボックス』という商用のライトバンだった。色は白。よく見かける車種なので、都内では一種の都市迷彩であると言える。

「運転免許証は？」

須賀田に質問したが、愚問だった。しっかり者とはいえ、彼女はつい先日まで高校生だったのだ。

「取得していますが、教習所以外で運転をしたことがありません」

「では、助手席に」

私は車の中でタバコを吸わない。ヤニでハンドルやシフトレバーがベタつくのが嫌だからだ。なので、須賀田も「臭っ」と言わずに済んだ。

「山之内という男の素行調査に向かう。『素行調査の心得』みたいなものを作っておいたので、目を通しておいてくれ」

「ありがとうございます」

†

詐欺や汚職や背任事案を担当する捜査第二課は、徹底的に身元や交友関係を洗う。いわゆる『鑑取《かんど》り』や『敷鑑《しきかん》』と言われる作業だ。

私はすでに山之内の交友関係や立ち寄り先は把握している。あとは、この無能な山之内の一日の行動パターンと、曜日によるパターンの変化を記録するだけなのだが、この作業が慣れていないと辛《つら》い。たいてい変わり映えしないからだ。

山之内にしても、彼奴《きゃっ》にお似合いの狆《ちん》がくしゃみしたような不細工な女房が待つ自宅と、『無能の吹き溜まり』と揶揄《やゆ》されている『NPO法人毎朝教育綜合研究会』とを往復するだけである。

同僚に誘われると渋々飲み会に参加するが、それ以外は外食すらしない。昼食は持参の弁当で、怠惰な彼奴の女房は夫のために弁当をつくることなどしないので、早起きして自分で作っているらしい。

銀行も自分が口座を持っている銀行しか使わない。手数料がもったいないというのが理由だ。

タクシーなんかもってのほかで、定期券が使える公共交通機関しか使わない。

コンビニエンスストアにも寄り付かず、スーパーで一番安いプライベートブランドのお茶を仕事をさぼってまでして買う。要するに吝嗇家《りんしょくか》なのだ。

こうした今までの調査記録を須賀田に聞かせながら、山之内の『鑑取り』・『敷鑑』結果の補足をする。

「小銭を持ち歩けって、どういうことですか？　支払いならスマホの電子決済で済むような気がしますが？」

マニュアルに目を通していた須賀田から質問が出た。

「カメラと同じだよ。機能を一点集中するとスマホを奪われたり壊れたりした際に身動きがとれなくなる。公衆電話を使ったことはあるかい？」

「いいえ、ありません」

電話を携帯できなかった時代、私の先輩の刑事たちは、必ず小銭を用意していた。出先で連絡をとる手段が公衆電話だけだったからだ。須賀田は現代っ子なので当たり前のようにスマホがある世代。ジェネレーションギャップというやつか。

「使い方を学んでおくといい。イザという時に役立つ。だいぶ、公衆電話は少なくなったがね」

私が彼女に渡したマニュアルに須賀田が何かを書き込みつつ、

「わかりました」

と返事をした。私が運転する『プロボックス』は、東京メトロ東西線の竹橋駅近くにある『NPO法人毎朝教育綜合研究会』向かいにある路上で駐車した。

窓から身を乗り出して路上駐車用のパーキングメーターに百円玉を三つ入れた。これはコインによる決済オンリーだ。

さっそく小銭を使う場面を見て「なるほど」と須賀田が呟く。

「ウィッグは必要ですか？」

男と違って、女性は化粧や髪型でがらっと印象が変わる。尾行なら女性のほうが適性があると私は思っている。

「この稼業、変装は必要だ。浅草は大衆演芸が盛んだったから、ウィッグの専門店がある。有名なのは『コマチヘア』だったか。今度いくつか見繕って買うといい」

「そうします」

また、マニュアルに何かを書き込みながら須賀田が返事をする。

「視力は？」

「裸眼で視力2あります」

彼女は運動神経もいいし、身体能力も高い。警察官向きだという紅林の言葉は本当だった。

「伊達《だて》眼鏡も買っておくといい。眼鏡一つで印象が変わる。できれば、フレームが目立って太いタイプがいい。眼鏡に意識が集中して顔の印象がぼやける」

マニュアルに書き込みながら「なるほど。そうします」と須賀田が答える。先生と生徒みたいで、調子が狂う。私はこういう優等生タイプが苦手だ。

「さて、ここから少し長丁場だ。資料にある『山之内正弘』を尾行して、曜日別の行動パターンを探る。会社と自宅を往復するだけなので、退屈な『張り込み』だ」

無意識にこの調査を後回しにしてしまったのは、事件性がないことと、期限が紅林から指定されていなかったから。それに退屈というのも要因の一つだ。

「帰宅時間になったら、君が山之内を尾行してみよう。私は車で川崎まで先回りしておくよ」

　いきなりの実戦に怯むどころか須賀田は闘志を燃やしているように見えた。

「マニュアルの、尾行についての部分を読んでおいてくれ。交通系カードは持っているかい？」

「スマホにアプリをダウンロードさせてあります。あ、機能を一点集中させない、でしたね。カード本体は持っていないです」

　私はグローブボックスから、予備の交通系カード『ｓｕｉｃａ』を出した。

「一万円入金してある。これを君用にしていい。時間があったら、都バス定期券も、このカードに登録しておいてくれ」

　礼を言って、須賀田がカードを受け取り、

「警察官になったみたいで、うれしいです」

　そんな事を言う。なぜ警察官を目指していたのか……つい、そんなことを聞こうとして踏みとどまる。そんなのは余計な詮索《せんさく》だ。

　待機の間、私は車の背もたれを倒して楽な姿勢をとり『ＮＰＯ法人毎朝教育綜合研究会』の正面玄関を見ていた。

助手席では、須賀田が防塵・防水・耐衝撃のデジタルカメラ『オリンパス Ｔｏｕ

ｇｈ ＴＧ－６』の操作マニュアルを読んでいる。

彼女は無口なタイプらしく、その点は好感が持てた。一時間毎《ごと》にパーキングメーター に三百円の入金をして、近くのコンビニエンスストアでサンドイッチとペットボトルのお茶を買う以外、特にやることもない。

このコインパーキングの便利なところは、近くに公衆トイレがあることだ。緊急用の簡易トイレを使う羽目にならずに済む。

そもそも、十代の娘さんの前で性器をむき出しにして小便など出来ようはずもない。須賀田にしても、私のような中年男性の前で下着を下ろすなど無理だ。

「トイレの位置を確認」

これも、彼女に渡したマニュアルにも書いておいた事柄だ。

†

夕方になった。選りすぐりの無能の吹き溜まり『ＮＰＯ法人毎朝教育綜合研究会』に残業はない。ホワイト企業でいいことだが、残業するほどの仕事がないだけだ。

かつて、山之内は一時間だけ残業していた。仕事をしているわけではない。残業代を稼ぐためだ。

それも、年功序列だけで部長職になり、残業代が支給されずに『役職手当』が支給されるようになると、きっちりと定時で退社するようになった。

今日も山之内は定時で『ＮＰＯ法人毎朝教育綜合研究会』から出てきた。終業のチャイムと同時に玄関に向かったようなタイミングだった。

勤務時間中に帰り支度をしていたのだろう。さすが、選りすぐりの無能だ。

「行ってきます」

須賀田が『プロボックス』から降車して、ポケットの『オリンパスＴＧ－６』と『ｓｕｉｃａ』を確認して山之内の尾行を開始しようとしたその時である。

大きな黒いワンボックスカーが、山之内の横で停《と》まり、スライドドアが開いて、山之内を引きずり込んだのである。

「松戸さん！」

走り出そうとする須賀田を呼び止め、助手席に座らせる。

「須賀田！　警察に通報！　車の写真を撮れ！」

道路をＵターンした。無理な運転に、進路を妨害された車からクラクションが派手に鳴らされた。

急発進と急ハンドルにタイヤが鳴る。ゴムの焼けた臭いが車内に漂った。

アクセルペダルをベタ踏みしてトヨタ・ハイエースバンらしき車を追尾する。山之内を拉致《らち》した車はエンジンをいじっているのか、追い付くどころかぐんぐん距離が離れてゆく。

「警察に通報しました！」

シートベルトを締める前だったので、ガクンガクンと前後に揺さぶられながら、須賀田が報告する。

「ナンバーは写真撮ったか？」

「今、撮りました！」

「警察には名乗ってないだろうな？」

「匿名で通報してあります！」

予《あらかじ》め渡しておいたマニュアル通りに、須賀田は行動している。

「よくやった」

と、須賀田を褒めて、私は路肩に車を寄せて停車した。山之内を拉致した車が、遠くでクラクションを鳴らしているのが聞こえた。車をかき分けるようにして走っているのだろう。

突然のアドレナリンの奔流に、私の手が震えていた。おそらく、重大犯罪を初めて見たであろう須賀田は顔面蒼白《そうはく》だったが、冷静に見えた。

「追わないんですか？」

強い眼で私を睨《にら》みながら、須賀田が言う。彼女の唇の端が切れて血がにじんでいる。嚙《か》んだかぶつけたかしたのだろう。

「追わない。この車は緊急車両じゃないからな」

「人が一人、目の前で拉致されたんですよ？　いいんですか？」

須賀田が言い募る。悪を前にして『動揺』ではなく『怒り』が表に出るとは、小娘にしては度胸が据わっている。

反社の身内がいなければ、良い警察官になっただろう。

「見ただろ？　鮮やかな手際だった。相手はプロだ。武装している可能性が高い。私人逮捕はリスクがある」

山之内が拉致されたのを、通行人は気付いていなかった。それほど素早く拉致は行われていた。

「それでも、犯罪を見逃すなんて、許せません」

犯人たちが逃げた方向を睨みながら須賀田が吐き捨てるように言った。その悔しそうな表情は獲物を取り逃がした猟犬のようだった。

「犯人の車の特徴、車種、逃げた方向、ナンバーまで通報した。あとは、警察の仕事だよ」

そう私が言うと、須賀田はうつむいて深いため息をついた。次に発した声は、すでに怒りを抑え込んだ冷静な声だった。

「そうでした。私は警察官ではありません」

まだ十代の娘にしては、感情のコントロールが出来ている。目の前でいともたやすく犯罪が起こったのだ。もっと動揺しても不自然ではない。彼女のそういうところは私の若い頃《ころ》によく似ている。

「とはいえ、この状況は私も気に入らない。紅林が何を隠しているか、直接問い合わせてみるか」

紅林の私物のスマホをコールする。

『やあ、松戸。どうした？』

須賀田にも聞かせるためにスピーカーモードにして、

「問題発生だ」

とだけ言ってやった。

『まさか、もう須賀田君に手を出したのか？』

「彼女は仕事のパートナーだ。私がその手の冗談を嫌っているのを知っているだろ」

見れば須賀田の顔が真っ赤《まっか》になっている。どうやら下ネタは苦手らしい。青くなったり赤くなったり、忙しいことだ。

『すまん、すまん。で？　何があった？』

私は、研修代わりに須賀田を山之内の調査に帯同したこと、目の前でその山之内が誘拐されたことを紅林に話した。

「手際はプロのそれだった。山之内は単なる無能なうすら禿だったはずだろ？　私に話していないことはないか？」

紅林がしばし沈黙する。私は彼がしゃべり始めるまで待った。

『千代田区内で誘拐事案の緊急配備《キンパイ》を確認した。通報者は君らだったか』

「そうだ」

紅林が移動している音が聞こえる。まだ彼は警視庁内にいて、この会話を聞かれたくないということがわかった。

『私からの依頼だと、誰にも言ってないだろうね？』

念を押してきた。やはり、何かウラがある。

「匿名で通報した。こちらも『合法』ってわけじゃないからな」

そう回答してやると、紅林はわざとらしく安堵《あんど》のため息をつきやがった。タヌキめ。

『確証がなかったので、君に予備調査を依頼していた。ほんの少し、私の嗅覚にひっかかっただけなんだよ。他意はない。信じてくれ』

こいつは徹頭徹尾、自分の利益のためにしか動かない。だが、犯罪にだけは手を染めないことは信じてやっていい。

「信じるよ。だから、伏せたカードを全部見せろ。初手から警察に任せなかった理由は何だ？」

紅林が警察を使わずに私に依頼するということは、どういうことなのか、予想はついていた。それでもなお紅林の口から語らせるのは、須賀田に聞かせるため。

私がやっているのは、グレーゾーンの汚い仕事なのだと見せるという側面もある。

『近年、身分証の偽造が多くなっている。捜査第二課知能犯係に出向してもらう予定だった公安外事第二課の久我が担当する事案だったんだが、毎朝新聞の記者が追っているという密告《タレコミ》があったようなんだ。その記者が山之内の知り合いらしい』

公安外事第二課の久我は密輸と人身売買を組織的に行っている中国の黒社会の最大手である『龍頭《ドラゴンヘッド》』を追っていた。近頃は、日本人に成りすますための身分証の偽造をシステム化していて警察内で警戒が高まっていた。偽装結婚で日本国籍を取得し、即座に離婚。日本人として、今度は本国から誰かを呼び寄せて偽装結婚……という手口も、『龍頭』が手引きしている。中国の『公安』も情報を共有して日本の警察と『龍頭』撲滅に動いているらしい。その中心メンバーに、事故死した久我がいた。『事故死』とされているが、誰も信じちゃいない。

「黒社会関係だということはわかった。警察を使わないってことは……」

嫌な予感がした。間抜け顔の無能のくせして、山之内は誘拐されなければならないほどの役割を担っていたということか？

『中国の警察機関と当方で「龍頭」対策の「連絡会」を開いているが、そこから色々と情報が洩《も》れている疑いがある』

紅林が咳払いをした。なかなか本音を見せない彼が不本意ながら正直に話す時の癖がそれだった。

「初めから危険な事案だとわかっていて、私に依頼したんだな」

私に任せている無許可の興信所に共同経営者を寄こしたのも、私が急に失踪《しっそう》しても紅林にわかるようにしたということか。須賀田が失踪した場合は私を経由して紅林が把握できるという仕組みである。清々《すがすが》しいほどの捨て駒《こま》扱いだった。

『怒るな、松戸。どこから水漏れしているかわからんうちは、お前たちが頼りなんだ』

紅林の猫撫《ねこな》で声に心底ムカついたが、どうやら須賀田も同様のようだった。

†

緊急配備して誘拐犯を追う警察が持っておらず、私が持っている情報は、誘拐された人物が山之内という不細工で無能な男であるということだ。

私は川崎市に向かって『プロボックス』を走らせていた。須賀田には帰るように提案したが拒否された。

最後までとことん付き合う気らしい。相手が黒社会とわかったからには、安全な場所で後方支援をしてほしいところなのだが……。

山之内の住居は東急田園都市線の鷺沼《さぎぬま》駅からバスで二十分のところにある、築四十年の古ぼけたダサいデザインの貧乏くさいマンションだった。到着した時は、とっぷりと陽《ひ》が暮れていた。

このあたりは自然が豊かで、町内会の掲示板には「ハクビシンが出没するのでゴミ捨てに注意」するよう警告が書かれている。

「ハクビシン……」

掲示板を読んで須賀田が呟く。彼女は港区の高層マンション住まいだったので、生活圏に野生のハクビシンが闊歩《かっぽ》していることが信じられなかったのだろう。

実は東京二十三区内でも、タヌキやハクビシンは生息しているのだが。

そのハクビシンの目撃例が多い川崎市宮前《みやまえ》区の郊外。そこにある十階建てのダサいマンションの二階に山之内は住んでおり、その部屋の明かりは消えていた。

「気に入らない」

私が呟くと、ハクビシンの衝撃から立ち直った須賀田が質問してくる。

「何がです?」

「何だと思う?」

そう返してやる。扱う事案が重大犯罪になってしまったが、実戦訓練は必要だった。相手が黒社会なら、慎重になったほうがいい。須賀田のために早急な学習が必要だった。——まったく、紅林め。須賀田はまだ十代の娘さんだぞ。

「山之内夫妻は、トイプードルを飼っていましたね。溺愛《できあい》しているとか。なので旅行はしないし、長時間の外出も避ける」

私の予備調査で、山之内の女房である亜由子《あゆこ》の生活サイクルも調べてある。須賀田はそれを記憶していた。

「たしかに、この時間に部屋の明かりが見えないのは、気に入りませんね」

須賀田は、私の疑念をすぐに理解した。

「警察に出来ないことで、私にできることは？」

「わかりません」

私は『プロボックス』の後部座席に置きっぱなしになっている鞄《かばん》を漁った。シャワーキャップと、手にフィットする使い捨てのビニール手袋と、小さな革のペンケースを取り出す。

「嫌な予感がします」

色々と察して、須賀田がため息をつく。

「だから、帰れと言ったんだよ。私は」

そう言いながら、街灯のあたりを指さす。

「あそこの灯《あか》り。あの周辺から監視カメラに映るからね」

調査や張り込みだと、現代では監視カメラの位置の把握が重要になる。時代は変わった。

ジャケットを脱いで、作業着風の上着を羽織る。不織布の白いマスクをする。今のご時世、マスクをしていても不自然ではない。あとは作業員風のキャップを目深にかぶれば、監視カメラに顔は映らない。

「犯罪者みたいです」

私に倣って着替えながら、ぽつんと呟くようにして須賀田が言う。今日はショックが多すぎて、言葉の歯切れが悪い。

「犯罪者だよ」

そう言って、『プロボックス』から空の工具箱を取り出して、マンションに向かう。傍目《はため》には、作業を依頼された業者に見えるだろう。須賀田は随行している見習いといったところか。

オートロックのマンションではなく、常駐の管理人もいないので、正面から堂々と侵入する。

二階まで階段を使って上り、工具箱を須賀田に預けてポケットから革のペンケースを開き、ピッキングツールを出した。

「誰か来ないか、見張っていてくれ」

私がそう命じたときの須賀田の顔は、まるで酢を間違って飲んでしまったような渋い顔だった。

「犯罪じゃないですか」

「犯罪だよ」

まずチャイムを鳴らした。室内に誰もいないかどうかの確認だ。

「鍵の修理に参りました」

ドアホンにそう話しかける。返答はなかった。

「はい、了解です。鍵を外しちゃいますね」

内部と会話している態《てい》でそう話す。これは廊下の監視カメラ対策だった。

鍵穴に顔を近づける。独特の臭いが鼻についた。ドアの下から僅《わず》かに漏れている物を見て、

「手持ちの工具ではちょっと無理ですね。改めて出直します」

不審顔の須賀田を促して私はその場を離れた。

「どうしたんですか？」

監視カメラの範囲を越えて『プロボックス』に戻った段階で、須賀田が私に質問してきた。

変装の帽子とマスクと上着を脱いで、後部座席に放《ほう》り込みながら須賀田に答える。

「血だ」

「血？　どういうことですか？」

「臭いがしたんだ。玄関先にも少し漏れていた。山之内の女房がドアを開けた途端刺されたんだな。多分、玄関で死んでいる」

誘拐どころか、殺人事件だ。山之内は何をしでかしたのだろうか？

「警察に連絡。匿名で、そうだな……『異臭がした』とでも言っておいてくれ」

路上は禁煙だが、『セブンスター』を一本つまみ出して咥える。

警察に連絡を入れながら、須賀田が非難がましい目で私を見ていた。

構わず安物のライターで火をつける。鼻の奥に残った血臭《けっしゅう》を消さなければならない。

私は紅林に連絡を入れた。遅い時間だが、知ったことではない。

†

最悪の一日だった。須賀田も立て続けに犯罪を目撃して消耗しているようだった。

私は、帰路の途中の深夜営業をしているファミリーレストランの駐車場に『プロボックス』を停めた。

「食欲がありません」

疲れ切った声でそう呟く須賀田を店内に導いた。

「何か、甘いものを食べておけ」

私は須賀田用に苺《いちご》のパフェを注文し、自分はコーヒーとサンドイッチをオーダーした。

私も全く食欲はわかなかったが、経験上何も食べないでいるといきなり脱力が来て、倒れてしまうことがある。思考能力も低下するのでカロリーの摂取は重要だ。

須賀田は目の前に置かれた苺のパフェに渋々といった様子で匙《さじ》を入れたが、数口食べると、夢中になって食べ始めた。体が空腹を思い出したというところか。

須賀田は、食べ終わると合掌して、

「ごちそうさまでした。『いただきます』を言うのを忘れていました」

と肩をすくめた。顔色も戻り、脳も動き始めたらしい。

私はコーヒーを口に含み、サンドイッチの付け合わせに出されたフレンチフライの皿を、須賀田に差し出す。

「よかったら、これも食べてくれ。私は油の臭いでダメだ」

須賀田は食欲を刺激されたのか、お礼を言ってフレンチフライをつまむ。今度は「いただきます」を言えた。

「山之内さんは、攫《さら》われたり、殺害されるようなことをしていたのでしょうか？」

須賀田が質問をしてくる。思考停止から回復してきたのだろう。誘拐と殺人という一生に一度も遭遇しない事案に一日で出会《でくわ》したはずなのに、なかなかタフな娘さんだ。

「今、紅林が神奈川県警に探りを入れている頃だろう。それが終わったのを見計らって事情をご説明いただこう」

紅林の名前を聞いて、須賀田の形のいい眉《まゆ》がきゅっとつり上がった。美人の怒り顔は怖いというが、なるほどその通りだ。

「紅林さんは親切な方だと思っていたのですが、見損ないました」

彼女は自分が利用されたことに怒《いか》っている。年齢の割に大人びているが、須賀田は経験が足りない。まぁ、紅林は狡猾《こうかつ》な狸親父《たぬきおやじ》なので仕方のないことだが。

「プライベートなことを聞く。嫌ならこの話は打ち切っていい。なぜ、警察官を目指していたんだ？」

ここまでの目に遭って、引かないことに私は少し興味を持ってしまった。大人でも、ここまでくると「もうやめたい」と弱音をはくものだ。須賀田は道中疲れたとは言ったが、やめたいとは言っていない。

私の質問に、紅林を思い出して怒っていた須賀田の顔が、警戒した顔つきになる。

私の眼を真直ぐに見るのは、真意を探るためのものか。仕方なし私も須賀田を見返した。二人の視線が絡む。

やがて、怯んだかのように、須賀田が視線を下に落とした。

「須賀田は母方の姓です。纐纈《はなふさ》が父方の苗字《みようじ》です」

わかりにくいと思ったのか、須賀田はメモ帳に『纐纈』と書いて、私に見せる。

『こうけつ』ではなく『はなふさ』と読ませるのは珍しい。それゆえ、ある事案をすぐに思い出すことが出来た。

「君は、あの事案の生き残りだったのか……」

七年前、とある資産家夫妻が一人娘を残して失踪した。家は荒らされており、血痕などが残っていたことから誘拐事案として捜査されていた。度々メディアにも顔を出す著名人ということもあり、報道番組などでも大々的に取り沙汰《ざた》されたりした事案だった。たしか、未解決事件となって、赤坂警察署に作られた捜査本部《チヨウバ》は縮小されてしまったはず。

「はい、内部資料を閲覧したくて、警察官を目指したんです。あと、犯人がのうのうと暮らしているのも許せなくて……」

警察組織はセクショナリズムが厳しい。捜査資料の閲覧など簡単には出来ないのだが、一般人よりは可能性はある。

須賀田は聡明な子だ。そんな事は承知のうえで、それでも僅かな可能性にかけたのだろう。たった一人、取り残されてから七年も思い詰めていたというのか。事件当初、彼女は小学生だったはずだ。

（まいったな……）

私は意外とこういう話に弱い。つまり、私は彼女に同情してしまったのだ。

「このまま警察の下請けをしていれば、コネは出来るだろう。紅林を通じて資料の横流しもあるかもしれない。可能性はゼロよりはマシ程度だがな」

あまり期待させすぎても彼女にとって不幸だ。一応、釘《くぎ》を刺しておいたほうがいいだろう。

「はい、わかっています。あの日から一歩踏み出すには、こうするしかないんです」

物分かりが良すぎて、調子が狂う。噛みついてきてくれたほうが、対処の仕様ってものがある。

「まずは、山之内夫妻の案件だ。紅林からの連絡を待とう」

†

紅林の私用のスマホから連絡があった。退庁して自宅から電話をかけてきたのだろう。彼は自分に関係することなら、けっこうマメなところがあった。

時刻は深夜になっていて、私たちはファミレスでの食事を終え、すでに浅草に帰ってきたところだった。

『まだ起きていたのか？』

「これから寝るところだ。それより、須賀田は纐纈家の生き残りだということを私に伏せていたな？」

『言ってなかったか？　それは申し訳ない』

全く謝意がこもっていない声で紅林が言う。この野郎と思ったが、今は山之内の案件のほうが先決だ。

「まぁいい。本人から、聞いたよ。それより、山之内夫妻の件はどうなった？」

『山之内正弘誘拐は、緊急配備《キンパイ》がかかったが、どうも包囲をぬけたようだ。Nシステムで記録された誘拐犯の車のナンバーは偽造ナンバープレート《テンプラ》だった』

検問が出来る前に包囲から逃れ、警視庁の誇る『自動車ナンバー自動読み取り装置』通称Nシステムまで対策されていたということか。

『山之内正弘は、完全にロストした。女房の亜由子だが……』

何か書類を捲《めく》る音が聞こえる。紅林は、データを受け取ると、プリントアウトして、データは消すという習性がある。メールや電子化されたデータの機密性を信用していないのだ。

『防犯カメラは、フェイクだった。二十四時間遠隔監視の業者が設置した監視カメラには犯人が映っていない。エレベーターを使ってくれれば映像が捉《とら》えられたのだがな。残念だ』

山之内夫妻が住んでいるようなバブル経済時代に粗製乱造された安物のマンションは管理が杜撰《ずさん》なことが多く『防犯カメラ監視中』と書かれたカメラがニセモノであることも多い。

犯人はそれを知っていて、業者が設置したカメラを避けて侵入したのだろう。

それで玄関口で亜由子を刺殺した。山之内家の愛犬は、壁に叩きつけられて殺されていた。

『室内は物色した形跡があった。神奈川県警の捜査第一課の見解だと、プロの手口ということだ』

　部屋の荒らし方で、素人《しろうと》かどうかはわかる。効率のいい家探《やさが》しの仕方というのはあるのだ。

『ざっとしか読んでないが、神奈川県警にいる友人から初動捜査の資料の写しをもらった。お前に郵送するよ』

「到着までの時間が惜しい。取りに行くからどこかで落ち合おう」

　紅林に渋る気配があった。嫌な予感はどんどん大きくなっていた。すでに人が一人死んでいる。重大事案ということで、神奈川県警と協働して動いている警察を使わず、私を使う時点で既に不自然だ。

「私と接触があることを見られたくない。そういうことか？」

『まぁ、色々あるんだよ』

　紅林には珍しく、歯切れが悪い。これでピンときた。彼は誰かを疑っていて、その証拠を握ろうとしている。

「では、例の場所で待っている」

『そうしてもらえると、助かる』

　通話を終えたスマホをローテーブルに置く。隣の部屋では、疲れ切った須賀田が寝ているだろう。私も疲れていたが、頭が冴《さ》えて眠気が来ない。きれいに清掃され、空気清浄機によってすっかり空気が改善された事務所のソファで横になった。

天井を睨みつける。私が警視庁を懲戒免職で蹴り出される前、皇居のお堀端沿いに点在する公園のベンチが密談場所になっていた。蚊に刺されながら、お互いの捜査情報を共有していた仲間は、ほとんど残っていない。

私はかつて優秀な猟犬だった。悪を狩ることに誇りをもっていた。それが、根こそぎもっていかれ、今では路地裏をうろつく野良犬になってしまった。

正体不明の敵を欺くための演技だったのだが、境界が曖昧になる時がある。

——どっちが本当の私なのか？

ぶるっと震えが走る。私の原動力である『理不尽への怒り』は、下火になりかけていないか？

「ああ、そうか」

思わず呟く。須賀田を見て苛《いら》ついていたのは、彼女が『理不尽への怒り』を持ち続けているからだ。自分が恥ずかしかったからなのかも知れない。

ルーチンになった日々のなかで消えかけていた怒りに、再び火が灯《とも》るのを感じる。

眠気は吹き飛んでしまっていた。

金庫にしまってあるUSBを取り出して、ノートPCを立ち上げた。私をハメたかもしれない事案たちの資料をもう一度読む。何度も何度も読んだ資料だが、丹念に文字を拾っていった。

気が付けば、夜が明けていた。ここは元・ラブホテルなので、防音はしっかりしていたが、開け放った天窓を通じて隣室の須賀田の部屋の音が聞こえた。ラジオ体操の懐かしい音楽だった。

須賀田はラジオ体操を日課にしているというのか? 現代っ子にしては珍しい。というよりは、変わっている。

コンロに火をつけ、やかんを乗せて換気扇を廻す。タバコを吸った。

須賀田によって漂白されたマグカップに適当にインスタントコーヒーの顆粒《かりゅう》を流し込んで沸いた湯を注ぐ。

二本目のタバコに火をつけた。不思議なもので、きれいに清掃された部屋だとそれを維持しようという気持ちになるものだ。空気も汚したくなくて、喫するタバコの本数も減った。所かまわず吸う習慣もなくなり、換気扇の下が喫煙場所になった。

須賀田が共同経営者になったことで起きた変化だった。

コーヒーとタバコという朝の儀式を終え、私は裸になった。石鹸《せっけん》を泡立ててシンクで頭を洗う。デオドラントシートで体を清拭《せいしき》した。これも、須賀田が私の生活圏に入ってきたことによる生活の変化だった。

むりやり設置した家庭用の給湯器から水道管を伸ばして浴室につなげてあるのだが、どうも使う気になれずに銭湯に行ってしまう。

無駄に広い浴槽は、書類置き場になっていて、そちらに水がかからないようにシャワーを浴びるのが面倒くさいということもある。

黒くて不快な甲虫が排水溝から出るのと、異臭がすることもあり、そもそも排水溝はガムテープで密封されていた。浴室は倉庫みたいなものだった。

脱衣所だった場所に置いてある洗濯物入れに下着とワイシャツを入れて、キャビネットから新しいものを出す。

下手すると、二、三日は着替えないこともあったので、よく考えると私は臭かったかもしれない。

若い女性と生活圏が重なるのは面倒くさいが、こうして最低限の身だしなみを整えようというアクションを起こす効果はある。パートナーを不快にさせないのは最低限のマナーだ。

安っぽいビニール製の容量だけはあるバッグを倉庫代わりのバスルームから引っ張り出し、たまっていた洗濯物入れの中身を移し、廊下に出る。

廊下にはジャージ姿の須賀田がいた。通常より太くて重い素振り用の木刀を振っている。天井が高く作ってあるので木刀を振りまわすには十分なスペースがあった。

「あ、松戸さん、おはようございます」

思い切り振り下ろした木刀を床と水平な位置でビタ止めして須賀田がひらりと笑った。美人はスッピンでも美人なのだと改めて認識した。上気した頬《ほお》に張り付いたおくれ毛が妙に色っぽく、私があと十歳も若ければドキドキしていただろうなと思った。

「色々と衝撃的な一日でしたけど、悩んでも仕方ないと思って。体を動かせば気分も変わります」

思考は体育会系のそれだ。彼女なりの切り替え方なのだろう。私には無理だが。

「コインランドリーに行ってくる。昨日の事案を整理するので、定時に出勤してくれ」

「了解です」

『ひさご通り』にあるコインランドリーに洗濯物を突っ込んで、洗剤を販売機から買って洗濯物の上に振りかける。正しいやり方なのかどうか知らない。適当だ。スマホを手にしたまま、ベンチに座って俯《うつむ》く。すこし、うとうとしているように見えるだろう。

だが、私の目はスマホの画面を見ていた。撮影モードにしてコインランドリーの外を見ていたのだ。

私は捜査第二課に異動する前は、捜査第三課に勤務していた。捜査第三課は、窃盗や盗犯を担当する部署で、警察の基礎を教わるために一度は経験したほうがいい場所といわれている。

第三課にはベテランの刑事が多いが、彼らの特殊能力は、群衆の中から犯罪者を見抜く能力だ。

これればかりは、経験によって磨かれたとしか言いようがないのだが、コツのようなものは教えてもらっている。それは『予測された動きとは違うものを見抜く目』だ。

私は一年半しか第三課に所属しなかったが、多くの事を学ばせてもらった。

その『目』が、違和感を捉えていた。

「路地から誰かが出てくるのを待つ動き」――『ひさご通り』は商店街だ。物陰に隠れて何かを待ち受けるような動きをすると、浮く。

「私が通過すると尾行する」——私はかつて事故を装って殺されるところだった。それ以降、尾行や私に向けられる視線に敏感になっている。

「コインランドリーに入ると、再び待機した」——これで、私が尾行されていることが確定した。以前は鏡を使ってさりげなく尾行者を確認したらしいが、今はスマホの撮影画面を使う。

　尾行者は、やや大柄な体格をしている。筋肉質な体つきだ。拳胼胝《けんだこ》はない。耳が潰《つぶ》れていた。レスリングか柔道経験者によくある耳の形だった。短髪。頬に古い傷があった。

　一見して、堅気者でないことはわかった。ヤクザの用心棒風の男である。

　山之内について、本格的に調査を開始したタイミングで尾行者がつくのは偶然か？

　私はコインランドリーの洗濯物をそのままにして、ぶらぶらと外に出た。尾行者はすぐに私の後について歩き始める。どうも、素人っぽい動きだ。隠密行動が下手すぎる。

『ひさご通り』にあるコンビニエンスストアに入った。いつ見てもこの店にいる楊が私をみて黙礼を送ってきた。

　ポケットから折りたたんだ布製のトートバッグを引っ張り出す。のっぺりとしたキャラクターが描かれている。東京の銭湯組合の公式キャラクターらしい。行きつけの銭湯『日の出湯』でキャンペーン中とかで頂いたものだ。

私は缶コーヒーを五本ほど買って、レジでポケットからくしゃくしゃに丸めた千円札を出す。

「松戸さん、お財布買ったほうがイイヨ」

楊はお札の皺《しわ》を伸ばしながら、何度同じやりとりをしたかわからない会話をする。昨今は金銭をスキャンさせて釣銭も自動計算させるレジなので、くしゃくしゃだとエラーが起きるらしい。

コンビニを出て、勝手知ったる迷路のような裏路地に、『歩きスマホ』をしながら入ってゆく。実際は後方を映して尾行者を確認しながらの移動だった。

事務所を構えている廃ラブホテル周辺の防犯カメラの位置も把握していた。道とは思えない雑居ビルと雑居ビルの間に入り足を止めて体ごと振り向く。

缶コーヒーが詰まったトートバッグを手にからげて短く持ち肩に担いだ。

重い足音が近づいてくる。私は駅で何者かに突き飛ばされてホームから転落した。電車でバラバラにされるところだった。だから、尾行者には容赦しない。鈍器と化したトートバッグを握りしめる。

やくざ風の男は、路地に私が待ち構えていることに気付いて驚いたような顔をした。

私が狙ったのは、その一瞬だ。思考がとまると、体は反射的には動かない。

肩に担いだトートバッグを思い切り振り下ろす。私の予想に反して、顔面を狙ったトートバッグは、意外な柔軟性を見せた尾行者が上半身を左に逸らしたため、ぶ厚い肩の筋肉にぶち当たっただけだった。

次に目を狙って突き出そうとした私の手は、男が両手を私の肩に置いたことで封じられてしまった。

ズンと肩に体重がかけられる。私は反撃どころか、立っているのがやっとという状態になってしまう。もともと、荒事は得意ではない。奇襲が躱された時点で勝ち目などなかった。

「すいません。誤解です。どうか話を聞いてください」

肩を押さえつけられたまま身動きも出来ない状態から、どうやって逃亡するか忙しく脳を回転させていた私に、尾行者が必死な口調で語りかけてきた。

トートバッグの打撃を受けた際、筋肉に力を入れた時にパツンと張ったポロシャツの胸の釦《ぼたん》がはじけ飛んだらしく、男の胸に和彫りの刺青《いれずみ》があるのが見えた。

口調と刺青のギャップと、相手に攻撃の意思がないのがわかり、私は逃亡の選択肢を捨てた。

よく考えたら、私をぶちのめすつもりなら、肩を摑《つか》むのではなく、そのぶっとい腕にくっついたごつい石のような拳《こぶし》で殴ればいい。多分私の首は一撃で百八十度回転していたはずだ。

†

事務所のソファに、巨体を縮こまらせて座っているのは私を尾行していた刺青の男だった。彼は須賀田の母親の実弟、須賀田の叔父にあたる人物だった。名前を須賀田雄太《ゆうた》というらしい。

柳眉《りゅうび》を逆立てて須賀田は怒っており、雄太は上目使いに須賀田を見ては怒っているのを確認して慌てて目を伏せるというのを何度も繰り返している。

彼の前に置かれているのは、私がコンビニで買い求めた缶コーヒーで、ベコリと凹んでいた。

刺青でわかるように、須賀田が身上調査で警察に奉職できなかったのは、彼が原因だった。纐纈夫妻が行方不明になった際、所属していた広域指定暴力団『海尻組《うみじりぐみ》』に盃を返し足を洗ったのだが、それでも警察は許さなかった。

須賀田雄太は、凶暴な外国マフィアも泣いて逃げると言われた、武闘派中の武闘派だったからだ。何かをしでかすために偽装で足を洗ったと疑われている。

「叔父さん、なんでこんなことをしたの？」

身長百八十センチ、体重百十キロの巨体をさらに縮こませて肩を震わせる。

「え……依美ちゃんが心配で」

「もう！　『ちゃん』付けやめてって言ったよね！」

さすがに須賀田雄太が可哀想《かわいそう》になってきた。いきなりぶん殴ってしまったという引け目もある。本人は気にしないと言ってくれたが。

「もういい。許してやれ」

そう横から口を挟んでやる。雄太が感謝の視線を送ってくる。

須賀田は小鼻を膨らませて、ため息をついて、

「心配してくれるのは感謝するけど、監視するのはやめて。ちゃんとやっているから、大丈夫」

と、言った。ようやく許してやったらしい。

「これから出かけるのだが、途中まで送りますよ。殴っちまったお詫びを兼ねて」

雄太に提案する。彼は、須賀田に許可を得るかのように横目で彼女を見て、小さく頷くのを確認し「助かります」と答えた。

「私も一緒に行きます」

須賀田が言ったが、私は拒否した。

「紅林に会うんだ。君がいると、奴の口が重くなる。メールで高橋から依頼が来たようなので、その予備調査をお願いしたい」

この廃ラブホテルのオーナーである高橋幸一郎《こういちろう》は私の幼馴染《おさななじみ》で、同じ小学校の同級生だ。彼から相談したいことがあるというメールがきていたのだ。まだ内容は確認していない。

私と須賀田雄太は連れ立って地下の駐車場に向かった。『プロボックス』の助手席に彼が座る。巨軀《きょく》には窮屈な席だが、座席をギリギリまで後ろに下げてなんとか体を押し込んでいた。

私が「送る」といったのは、須賀田がいるところでは話せないこともあるだろうという配慮だ。それを察する程度には頭がまわるようだ。

「今回は申し訳ありませんでした」

「こっちも、いきなりぶん殴ってしまった。すまない。お互い様なので、もう謝罪はいい。それより、ケガはないか？」

「肩の筋肉で受けたので。痣《あざ》にもなっていません」

私の渾身の奇襲は、全く通じなかったということだ。相手がその気なら、私はぶちのめされている。

「どこまで送ろうか？」

「それじゃ、上野駅までお願いします」

『国際通り』から、『浅草通り』に抜ける。そのまま直進すれば、上野駅だ。

「俺《おれ》のせいで、依美の未来を狭めてしまった」

俯いて、須賀田雄太が呟く。

「彼女は、一言も恨みごとを言っていない。与えられた場所で何が出来るか、模索中といったところだな。勇敢な娘だよ」

「あれの母親とそっくりだ。姿かたちも、性格も」

須賀田雄太が、仁王を思わせるいかつい顔から、泣いたような、笑ったような、そんな顔に表情が崩れた。

彼が、ポツポツと身上話を語った。盃を返して足を洗った後、清掃の仕事についたそうだ。ゴミ屋敷の片づけや、遺品整理、時には『特殊清掃』と呼ばれる、変死体があった部屋の清掃なども請け負っているらしい。

「足を洗ったアニキがやっていた会社で、俺が引き継ぎました」

血縁の兄弟ではなく、組織の先輩ということだろう。

「けっこういい金になる稼業《シノギ》なので、依美の大学進学も資金的には大丈夫だったんですが、依美は高校卒業後『警察に奉職する』の一点張りでした」

七年前から彼女が思い詰めていたことだ。なんとなく想像できた。

「俺は足を洗って七年が過ぎていたので、警察に目をつけられることはないと思っていたのですが、甘かったです」

警察は執念深い。須賀田雄太のような武闘派は、決してマークを外さないものだ。たとえ、孤児となった姪《めい》を養育するためきっぱりと足を洗い、カタギの職業についたとしても許されはしない。

雄太がポケットからUSBを出してサイドボードに置く。

「俺がまだ『あちら側』に影響力があった時、調べられるだけ調べた情報が入っています。あなたに託します」

上野駅前で雄太が車を降りた。

「依美は、七年前のあの日以来、一定の境界線のようなものを作って、そこから先に誰も踏み込ませないのです。ですが、あなたは例外のようだ」

それは、警察官になるという目標が断たれて、私に縋《すが》るしかないからだろう。彼女の必死さがわかる。

「彼女を守ってやってください。こんなこと、頼める立場じゃないですが」

その言葉を残して須賀田雄太の巨体は上野の雑踏に消えた。

†

半蔵門に近いお堀端の公園のベンチに紅林の姿があった。

同じ教場で学んだので私とそう歳《とし》は変わらないはずだが、白髪《しらが》が増えて一気に老け込んだ様子だった。

近頃は電話でしか話していなかったので、私は軽いショックを受けた。

「よう、待たせたな、紅林」

「会うのは久しぶりだな、松戸」

言葉短くそんな挨拶を交わし、私は紅林の隣に座った。

「老けたな」

「まぁな。生き残り組は色々と大変なんだよ」

紅林が笑った。まるで木枯らしのような空虚な笑い声だった。

「体調、悪いのか？」

「年相応ってとこだ。年末の健康診断で肝臓の数値が……な」

そういえば、顔の血色が悪く黒ずんでいた。紅林はあまり酒を飲まない。おそらく、ストレスだろう。

「お前をハメやがった連中は、思ったよりエグいぞ。奴らの監視を振り切ったつもりだろうが、用心しろよ」

紅林はそう言って、ベンチを立ってお堀端を半蔵門方面に歩いて行った。

私は堕落した人物を演じていて、紅林もそれに乗っているが、奴はそれが演技ではないかと疑っているということか。

ベンチには書類封筒が一つ残されている。それを拾い上げて『プロボックス』に戻った。

運転席で封筒の中身を確認する。神奈川県警の捜査資料の写しだった。部外秘なので違法だが、『紅林の友人』が便宜をはかったのだろう。

私は半蔵門駅から渋谷に向かった。『プロボックス』を駅前のコインパーキングに預け、『SHIBUYA　109』の脇を通って、『文化村通り』の坂を上ってゆく。

私が契約している貸倉庫は、円山町《まるやまちょう》のラブホテル街の片隅にある。

相変わらずスマホに目を落として前を見ないまま歩いてくる危機管理が出来ていない馬鹿な若造どもを避《よ》けるのが面倒くさい。

東急百貨店渋谷本店を右手に見ながら、松濤《しょうとう》方面に向かう。『松濤郵便局前』の交差点を、左に曲がった。この通りは、小さなバーや居酒屋が並んでいて、映画学校やライブが行われるクラブが並んでいる、いかにもサブカル然とした通りだ。

新宿の猥雑《わいざつ》さとは異質の猥雑さがある。池袋や上野とも違う。

映画学校と小劇場を兼ねた建物の真向かいに駐車場があり、その駐車場には人が一人やっと通れるほどの細い上り階段がある。

登り切った先には別の駐車場があり、違法操業のキッチンカーが三台停まっていて、ケバブやタピオカなどを売っている。

近くのコンビニエンスストアから缶ビールを買ってきて、ケバブをつまみに、昼間から一杯やっているダメ人間もいた。

駐車場は、飲食したあとに路上に捨てられた缶やペットボトルや包み紙が散乱していたが、誰も掃除をしないらしい。食べかけのアメリカンドッグをうっかり踏みつけてしまい、私はうんざりした。犬の糞《ふん》を踏んだのと感触がそっくりだった。

この駐車場の先はラブホテルの密集地帯になっている。街角に立って客引きをする売春婦、いわゆる『立ちんぼ』が多かった場所だが、『東京浄化作戦』が行われて一掃された。

ラブホテルの間にポツンとあるのが、私が契約している貸倉庫だ。かつて『立ちんぼ』の女が私物を保管したり、更衣室代わりにしたりしていたのだが、今は利用する者も少ない。

私は近所の飲食店の店長という設定で、ワイン保管場所にこの倉庫を利用していることになっている。

上野の貸倉庫と違って、ここは有人管理だからだ。貸倉庫内で売春行為を行わないように監視していた頃の名残《なごり》である。

顔見知りになっている管理人と世間話をしながら鍵を受け取って、人が立って歩けるほど大きなブースに向かう。

エアコンで気温十五度前後、湿度七十パーセントに保持されているブースには、ワイン専門店で適当に買い集めたワインが棚に並べてあった。

私はハンガーにかかっている防寒ジャケットを羽織り、靴を脱いで防寒ブーツを履く。ブースの中央に置いてある机の上にノートPCが置いてあり、それを起動させた。ブースの端に押しやってあった車輪付きの椅子を、机の前に引き寄せて座る。折り畳んであるバスタオルをひざ掛け代わりに腿《もも》に載せた。

ポケットから、須賀田雄太から預かったUSBを差し込む。膨大な数のファイルがあり画像データだけでもかなりの量があった。

USBのデータを、ノートパソコンにコピーする。その間に、紅林から受け取った神奈川県警の捜査資料を机に広げる。

やはり、山之内亜由子はナイフで複数回刺されて殺害されていて、山之内家の愛犬も壁に叩きつけられて殺されていた。

玄関は血の海だった。私が嗅いだのは、この臭いである。

家の中は家探しされている。紅林が口頭で話してくれた通りの光景が、鑑識の現場写真に残されている。

犯人は二名ないし三名。指紋や毛髪は無し。下足痕《げそこん》も無し。争った形跡も無し。近隣住民は犯行があったことに気付いていない。

このフロアの監視カメラがフェイクだったのが悔やまれるが、本物の監視カメラだとしても、顔認識をされるヘマは踏まないだろう。明らかにプロの手際だった。

「何を探していたんだ？」

ひとりごちる。部屋の配線から推理できるが、少なくともパソコンは持ち去られている。

壁の焼け具合の差異から、カレンダーも持ち去られていることがわかった。時計や財布といった金目のものは手を付けていない。物盗《ものと》りの犯行ではないということだ。

壁についているのは、犬が叩きつけられた痕《あと》だ。犯人の冷血さに胃がむかつく。犬の歯には犯人のものと思われる繊維と血痕《けっこん》が見つかったようだ。山之内亜由子を守ろうと、犬が必死に抵抗した様子が見て取れる。小型犬なのに、可哀想でならない。

床に落ちていたのは、犬の首輪だった。何かにひっかかったら首吊《くびつ》りにならないように外れる仕組みのもので、迷子になった時のために、住所と連絡先を書けるようになっている。

ただし、この首輪は手書きの模様のようなものが描かれているのみだった。

私はそれが妙に気になっていた。

†

上野駅、池袋駅、新宿駅、渋谷駅、品川駅の貸倉庫を廻って、全てのノートPCに須賀田雄太から受け取ったUSBのデータを読み込ませた。

紅林から横流ししてもらった捜査資料を持って浅草の事務所に戻る。須賀田雄太の資料は、私の若いパートナーに見せるかどうか、精査してからにすることにした。

須賀田雄太が姪に直接資料を渡さなかったのには、理由があるはずだ。とにかく、今は直近の山之内夫妻の事案に集中しよう。紅林の嗅覚にひっかかった何かがある。

事務所内では、須賀田がレポートを作っているところだった。

「あ、おかえりなさい」

私に気が付いて作業中のノートPCから彼女が顔をあげる。私は、ソファに座って、手招きした。須賀田がプリントアウトしたレポートを持って私の正面に座る。

「まずは、そっちの報告から。高橋は何だって？」

彼女はレポートに目を落としながら、小さく咳払いをした。

「高橋さんからのメールなんですが、要領を得ない文章なので電話で直接お話しすることにしました」

そう前置きして、報告を続ける。

「お話ししてもあちこちに話題が飛ぶので、やはり要領を得ないのですが、要約すると郵便物が盗まれているということらしいです」

高橋が自分好みの若い美人と話をすることが出来て、浮かれている様子がわかる。

調査依頼は単純なもので、届くはずの領収書や通信費の請求書などが届かないので、どうなっているのか調べてほしいというオーダーである。

「報酬は『友情価格』でお願いしたいとのことでしたが、松戸さんと相談しますと回答しておきました」

山之内の案件と比較すると、優先度は低い。引き受けてやってもいいが、少しだけ後回しというのが、私の結論だった。

「承ると回答しておいてくれ。値引きも応じると言っていい。具体的な数字は出さないように」

手帳に私の指示をメモしながら、須賀田が「わかりました」と答える。

私は、紅林から受け取った神奈川県警の捜査資料が入った書類封筒を、須賀田の方に差し出した。

受け取ろうとする須賀田に警告する。

「残酷な場面を切り取った写真が多く入っている。警察官でもない未成年者が見てもいいものと、私は思わない。それでも、手に取るか?」

須賀田が真直ぐに私の目を見る。負けん気の強そうな目だった。

「紅林さんとのコネのため、私はここで働くと決めました。未解決事件を探る唯一の筋なのです。覚悟はできています」

須賀田が無意識に、ポケットの上から中に入っているものをぎゅっと掴むのを見た。

そういえば、出会った時にもそうしていた。お守りか何かが入っているのだろうか?

「わかった。無理なら、ギブアップしていい」

新人の警察官が味わう通過儀礼と同等のものを須賀田は受ける形となっている。

だが、彼女は怯んでいない。

「見ます」

須賀田が書類封筒を取り上げる。

「それを見た後で、意見交換しよう」

私はソファを立って給湯コーナーに行き、換気扇の電源を入れた。ポケットからタバコを出して咥える。パチンコ店でもらった、安物のライターで火をつける。

須賀田は、書類封筒から調査報告書、写真を取り出してローテーブルに並べた。

数分後、すっくと立って足早に向かったのはトイレだった。内部から、えずく声が聞こえたが、私はスマホ用のワイヤレスイヤホンをハメて聞こえていないフリをしてやった。

トイレから出てきた須賀田は手を洗い、うがいをして再びソファに座った。私の方をチラッと見た気配を感じたが、私はタバコをふかして音楽を聴いている風を装っていた。

須賀田は自分を鼓舞するように、パンパンと顔を叩き、捜査資料に集中したようだった。なかなかガッツがある。

横目で須賀田を観察すると、やや血の気を失った顔色をしていたが、一枚一枚資料を精査している様子だった。

私も捜査資料を脳内で整理する。注目すべきは、可燃ごみとしてまとめられていた雑多な広告の間に挟まれていた書類だ。

とある山林の『不動産登記情報（全部事項）』をプリントアウトした資料と、その山林がある市の地方議員の履歴だ。

警察の鑑識はあらゆるものを記録する。有象無象の証拠品のなかで、これらが異質だった。あとは、愛犬の首輪に描かれた手書きの模様も気になる点だ。

たっぷり小一時間、須賀田は資料を見た。いくつかの写真をピックアップして、脇に寄せてある。

頃合いは良しと見て、私はワイヤレスイヤホンを外し、冷蔵庫から缶コーヒーを二本取り出した。須賀田の叔父をぶん殴るのに適当に買ったものだ。

「おつかれさん」

須賀田の前に缶コーヒーを置いてやる。私もプルタブを開けて缶コーヒーを飲む。コーヒーの香りがする甘ったるい液体といった代物だ。

「どう思った？」

ローテーブルを挟んで須賀田の真向かいに座る。須賀田は約二百ミリリットルのコーヒーを一気飲みして、大きく息をついた。

「初めて見ました。死体の写真は、怖かったですが、慣れるようにします」

蒼白だった顔色は、血色を取り戻している。恐怖と嫌悪のコントロールが出来ている証拠だ。紅林が「警察官に向いている」といった意味がまたよくわかった。

「山之内さんが、誘拐されたり、殺害されたりするほどの何かがあるんですよね？」

私は頷いて、先を促した。

「毎朝新聞は業績悪化で、早期退職者を募集していました。子団体、孫団体への出向も多い。山之内さんは、そのうちの一人です」

捜査資料には入っていないので、これは須賀田が自分で山之内正弘について予備調査をした結果だろう。

「住宅ローンの借り換えの資料がテーブルの上にありましたので、マンションの住宅ローンは返済が完了していないと考えられます」

最初は動揺して嘔吐《おうと》してしまったわりに、よく資料を見ている。自主的に山之内正弘の背景を調べていたのも真面目でいい。

「業績が悪化している本社から山之内さんが出向している『NPO法人毎朝教育綜合研究会』も二〇一五年からHPが更新されておらず、主たる業務である学生向けの研修事業が行われていません。解散待ちの整理団体であることが予想されます」

毎朝新聞は部長職以上の職員の早期退職を募るほど業績が悪く、子団体、孫団体の解散整理も進めている。選りすぐりの馬鹿の吹き溜まりである『NPO法人毎朝教育綜合研究会』もその対象になっていてもおかしくない。

「山之内さんが、犯罪組織から命を狙われるほどの何をしたのかわかりませんが、その原因はお金で間違いないと思います」

　私も同じ考えだ。山之内は五十歳になる。常に人不足の清掃員などの肉体労働やコンビニエンスストアのアルバイト以外では、再就職は難しいだろう。世の中は不景気だ。

　今後の生活の事もあるので、山之内は金に執着していたはず。住宅ローンだって返済を続けなければならない。

「犯罪に係ることで山之内さんは何を調べていたのでしょうか？　これがヒントになりますか？」

　私に資料の山のうちから抜き出して見せたのは、山林保有の登記簿と、地方議員の履歴の写しだった。　いい勘をしている。

「目の付け所はいい。紅林は捜査第二課だ。汚職や背任も担当している。彼奴の嗅覚にひっかかったのなら、土地の売買と議員は注目しておくほうがいい」

　褒められてうれしそうだったが、感情を顔に出すまいとして、須賀田がしかめっ面になっていた。素直に喜べばいいのになと思う。彼女は抑制的だ。

「私は、これも気になる」

　須賀田が作った資料の山から、山之内家の愛犬の亡骸《なきがら》の写真を引っ張り出す。

小さく呻《うめ》いて、須賀田が視線をそらせた。

「可哀想すぎてダメです」

構わず、私は説明を続けた。

「部屋の様子からして、山之内亜由子は装飾に凝るタイプだ。その中で、この首輪に違和感がある」

行方不明になったときのために住所と連絡先を書き込むスペースがある首輪だ。実用一点張りで、ありていに言えばダサい。可愛いロケットペンダントの中に連絡先を入れている……ならしっくりくるが。

「この画像は、知り合いの写真屋に送る。有料だが画像解析をしてくれる。近々紹介するよ」

私のような『他人に便宜をはかる』稼業は人脈が命だ。今は警察という組織の表立った庇護《ひご》も無い。

「登記に関してはここでも調べられるが、ついでがあるので、高橋のところに行こう」

「なぜ高橋さんのところに？」

「高橋は『公益社団法人東京都宅地建物取引業協会』の会員だからな。不動産登記簿を調べる会員制サービスなどが使えるんだ」

私は備品のＣＣＤカメラをキャビネットから出して、ポケットに入れた。あとまわしと思っていた高橋の依頼もついでにやることにする。

†

高橋の事務所は、隅田川沿いにある雑居ビルのなかにあった。この雑居ビルのオーナーも高橋である。テナントで四社ほどの企業が入っており、このようなビルが浅草に三棟ある。その家賃収入が高橋の主たる収入源となっている。悠々自適で羨《うらや》ましい限りだ。

言問橋《ことといばし》に近いこともあって、なかなか眺望がいい場所である。隅田川花火大会の時は、屋上をテナントの従業員に開放して、皆でビールなどを飲むそうだ。

高橋は五階建てビルの最上階にオフィスを構えている。

ドアホンに訪《おとな》いを告げると、ビルのオートロックが外れる音が聞こえた。

高橋はこのビルには管理人を置かず、自分でやっている。理由は人件費をケチっているからだ。それに登記上の本業である不動産取引業に熱心ではなく、自宅兼事務所でずっとゲームをやっているらしい。

近頃は、最終的に王に至るファンタジー世界のゲームをやりこんでいるとのこと。

『特大剣縛り』とか言われてもよくわからんのだが、本人は楽しそうだ。

「依美ちゃん！　よく来たね」

須賀田が居心地悪そうな顔をする。全身をねっとりと見る高橋の視線が相当嫌らしい。私は一つ咳払いをして、やんわりと高橋に釘を刺した。

「おい『ちゃん』呼ばわりはやめろ。私の正式なビジネスパートナーだぞ」

高橋は好色な狒々《ひひ》親父だが、彼のいいところは、素直なところだ。

「ごめんね、須賀田さん」

と頭を下げる。あっさりと視線も外した。須賀田は困惑して「あ、いえ」と口ごもっていた。歯切れがよい彼女にしては珍しい。

「依頼の盗難事件だが、引き受ける。メールボックスを見渡せる位置にＣＣＤカメラを取り付けたいので許可してくれ。盗撮になりたくないので、一筆書いてくれ」

Ａ４サイズの用紙を高橋に渡す。それは、セキュリティの関係で一時的に監視カメラを取り付ける旨が書かれた許可書だった。

高橋はじれったいほどじっくりとその用紙の文面を読んで、やっと書名押印した。

契約書の類に慎重なのは、職業柄だろうか。

「あと『友情価格』についてだが、承る。その代わり、頼みがある」

とたんに高橋の恵比寿《えびす》顔が猜疑《さいぎ》の影に彩られた。何かを頼まれるのが高橋は大嫌いなのだ。須賀田が息を呑《の》んだのが分かる。恵比須顔は偽装で、こっちが高橋の本当の顔だった。

「不動産の登記簿を調べたいんだ。会員用のパスコードを使わせてくれよ」

高橋が恵比須顔に戻る。

「なんだ、そんな事か。いいぜ、どこを調べる?」

私は紅林が横流ししてくれた資料に書いてあった山林の所在地を高橋に告げた。山梨県と東京の境にある秘境マニアには有名なエリアの近くだ。

これで地権者の名前がわかった。それをメモする。記憶にある名前だった。そして、山之内の家にあった履歴の議員の地盤はこのエリアだ。

警察なら、この先も調べることは出来るが、私は一般人に過ぎない。紅林の手を借りなければならない。

高橋から梯子《はしご》を借りて、郵便受けがあるエントランスにＣＣＤカメラを設置する。須賀田と高橋が梯子を支えてくれた。

「本物の防犯カメラを付けたほうがいいぞ、今は廉価で性能もいい」

スマホで受像状態をチェックしながら、高橋に言う。高橋は渋面をつくった。高橋はなるべく経費はケチりたい性質《たち》だった。

「そうするか」

「近頃は物騒だ。なるべく早く設置したほうがいい」


近所のガソリンスタンドで給油をして『プロボックス』で奥多摩方面に向かう。練習を兼ねて須賀田がハンドルを握った。マグネット式の初心者マークを後部ハッチドアに、架空の会社のロゴがついたマグネットシートをドアに張り付けてある。須賀田は教習所で教わったとおり「右ヨシ、左ヨシ」などとブツブツ言いながら運転をしていてうるさい。

集中が途切れると、事故のモトなので、好きなようにさせておく。

その間、私は紅林に電話を入れた。

「今大丈夫か?」

私がそういうと、紅林は、

『株式投資などは考えておりません。今は勤務中ですので、切りますよ』

と、回答してきた。今はマズイということか。

高橋のところで調べた地権者のデータを、奴の私物のスマホに送る。多分、紅林が欲しがっていた情報だという直感があった。

私は通話を切って、助手席のシートに背を預ける。ガチガチに緊張した須賀田が運転に集中しているのをぼんやりと見ていた。

電話が来た。紅林かと思ったが、比巻浩司《ひまきこうじ》という男からだった。高橋と同様、私の同窓生だ。『浅草オレンジ通り』にある『浅草公会堂』の裏手に写真館を構えている。明治時代からこの地で写真館をやっている老舗で、かつては芸人や芸者のブロマイドを撮っていて、羽振りがよかった店だ。

今は、スマホのカメラの普及で写真館という業態は斜陽化しており、

「百年続いた店も、俺の代で店じまいだなぁ」

などと愚痴をこぼしている。なので、私から依頼される画像解析は新しい仕事として歓迎されていた。

『拡大して、画像処理したよ。模様かと思ったが数字の羅列だった。俺は、座標だと思う。北緯・東経ってやつ』

「仕事が早いな。助かるよ。先入観なしで見てみる」

『こちとら暇だからな。それじゃメールに画像を送っておく』

拡大処理すると細部は滲《にじ》むのだが、それを補正する技術があるらしい。そうして拡大した数字がメールで送られてきた。

何社かの検索エンジンが提供しているマップにその数字を打ち込んでみる。

すると、そのうちの一社のマップがヒットした。

その地点を予想していたが、的中していた。

夕刻、八王子駅前にあるファミリーレストランで休憩をとる。

緊張の連続で肩が凝ったのか、須賀田はしきりに首を揉《も》んでいた。彼女の目の前には、大きなフルーツパフェが置いてあり、それをパクついている。『甘いものを食べておけ』という私の教えを実践しているらしい。

「疲労困憊《こんぱい》したらパフェですよね」

と、私に言われるまえにオーダーしていた。

私は、席を外し、ポケットから名刺を取り出して、電話をかけた。

まずは須賀田の叔父、雄太に電話をかける。

「さっそくだが、力を借りたい。小型のユンボとか所有していないか?」

『造園もやるので持っています。どうすればいいですか?』

私は山梨県と東京都の境目にある集落で捜索をするのだと説明した。私はある推論を立てていて、紅林に送ったデータがそれを裏付けてくれるはずだ。紅林の嗅覚は正確に犯罪を嗅ぎつけていたことになる。

彼奴はやる気はないが無能ではない。

『俺が行ってもいいんですが、時間がかかります。八王子だと、元舎弟がいるので、そいつに連絡をとってみますよ。今、どこに？』

私は須賀田と入ったファミリーレストランの名前を告げた。

須賀田雄太との通話を切ると、まるで狙ったかのようなタイミングで紅林から電話があった。

『よう、松戸。地権者の金子習《かねこしゅう》って男だが、有名人だった』

前置き無しで紅林が話し始めた。

「何か、記憶があったんだよ」

『別名、フロント・マン。外国マフィアに代わって、日本人との商取引を偽装するために名義を貸すのが商売だ』

直接の担当ではなかったが、捜査会議で聞いた名前だった。

「捜査第二課の管轄だな。で、今回はどこに名義を貸した？」

『山林を伐採して、そこに太陽光発電のパネルを設置するらしい。依頼先の業者は、あまり評判の良くない外国企業だ』

金子は、『金子総合開発』という会社を設立していて、業態のなかに土地開発も含まれているとのことだ。輸入や不動産賃貸業など、商売は多岐にわたる。

「手引きしたのは、村会議員の今井駒造《いまいこまぞう》ってわけか。前地権者に口利きしたんだな」

『そうだ』

山之内の一件がなければ、わからなかった案件だ。これが臭っていた紅林の嗅覚はなかなか鋭い。

『山之内から、脅迫の被害届があった。犯人は黒社会に関連がある中国人で、これが東京中の土地を買いあさっている「金子総合開発」関係者だった』

金子は名義を貸しているだけだ。複数の黒社会が『金子総合開発』をダミーに使っているという噂があった。

『今回、「金子」をダミーに土地開発しているのは「保科集団《ほかしゅうだん》」の孫会社で、母団体のために地上げしている「豊力《ほうりき》」。ここはヤクザ丸出しのとこだな』

この会社は記憶がある。身分証の偽造で東京支社の社員が逮捕されたが、証拠不十分で不起訴になった会社だ。たしか、紅林が担当していたはず。執念深く狙っていた

でいる？」
事業に着手し、その注文先が『保科集団』というわけか？　山之内はこれにどう噛ん
に土地を買った。『金子総合開発』は買い上げた広い土地に太陽光パネルを設置する
「つまり『保科集団』が、孫会社の『豊力』を使って『金子総合開発』をダミー会社
ということらしい。

　山之内は新聞記者ではなく、単なる事務担当だが、同期入社には記者もいる。その同期に古谷田文成《ふるやたふみなり》という記者がいて、けっこう仲がよかったらしい。その古谷田は、昨年末に失踪していた。


『失踪した古谷田だが、何を調べていたと思う』

「想像はつく。『豊力』だろ？　山之内は、古谷田が残したスクープを自分のものにして、それが金にならないかと色々動いていたんだな」

『無能な山之内は、リストラ対象だった。今後の生活に不安があったので、まとまった金が欲しかったんだろうよ。だが、相手が悪かった』

　友人が失踪した時点で、危険な相手だとわかっていただろうに。馬鹿な男だ。黒社会の怖さを甘く見ている。

「そういえば『豊力』は死体遺棄の疑いもあったな」

手口は取得した不動産に死体を埋めるというもので、やはり証拠不十分で不起訴になっている。ただし、この一件で警察に目をつけられてしまい『金子総合開発』のようなダミーを使うようになっていた。

『警察は私有地に入れない。お前の出番だよ』

†

紅林との会話を、須賀田に包み隠さず話した。これから私がやろうとしていることも、話す。

「それ、犯罪じゃないですか」

「犯罪だよ」

須賀田が左手でこめかみを揉む。右手はポケットを触っていた。なにか苦渋の決断をする時、彼女はポケットを触る。やはりお守りでも入っているのだろう。

「気が進みませんが、やります。大きな悪を防ぐための小さな悪なんですよね?」

私は頷いた。自分で詭弁《きべん》であることがわかっていて、声に出して肯定することが恥ずかしかったからだ。

須賀田がため息をついてココアを追加注文した。パフェを平らげて体が冷えたのと、私の話を聞いて寒気がしたのだろう。高校を卒業したばかりの娘さんには酷な状況だ。

互いに沈黙する私たちの前に現れたのは、作業着姿の若者だった。

短髪で格闘家を思わせる体格。頬に古い向こう傷がうっすらとあった。

「押忍《おす》。松戸さんと須賀田さんの姪御さんですか？」

「そうです。あなたは？」

「申し遅れました。自分は、須賀田さんの舎……ええと、知り合いの平良《たいら》っていいます。近所で造園業やっています」

名刺交換をする。名前からも推測できたが、沖縄出身だそうだ。眉が太く、目がぎょろっと大きく、肌は浅黒い。いかにも沖縄の男という美男子だった。

「私有地になっている場所に不法侵入して、探し物をするんだ。嫌なら断ってもいい」

平良は、考えることなく、

「須賀田さんのお身内のお役に立てるのなら、なんでもやります」

と、即答した。

「で、何を探すんです？」

山之内が隠しもっていた座標は、彼の『切り札』だったはず。多分、山之内はこのカードを使って、黒社会に近い『保科集団』の連中を強請《ゆす》ろうとしたのだろう。それで速やかに反撃された。

つまり、『保科集団』にとって子飼いの暴力装置である『豊力』を使うほどの『見過ごせない何か』があったということだ。

警察は『捜索差押許可状』通称『ガサ状』がないと私有地には入れない。ただし、善意の第三者による通報があれば別だ。

「座標はわかっているんだが、アプリのGPSだと、約十メートルの誤差がある。なので、ユンボで効率よくいきたい。『警備』が来ると、本当に危ないんだよ」

平良は頷いて表情を引き締める。察しがついたということだろうか。頭の回転が速い青年だ。

「時間の猶予は?」

「場合によっては一時間もないと思う。なので、『警備』の人員が少なくなる深夜を狙おう」

タブレットをテーブルの上に載せて、地図を平良に見せる。土地勘があるのか、平良は指で示しながら、

「このちょっとした集落を抜けると、ほぼ民家はありません。集落の手前で、ナンバープレートを隠しましょう」

「それがいい。会社のロゴは？」

「マグネットシートで隠します」

須賀田がぎょっとして私を見る。

「ちょっと待ってください。これも犯罪ですよね？」

「オフロード走って、ナンバープレートが泥で汚れただけだよ」

私の回答に、須賀田が左手でこめかみを揉む。右手はポケットを上からぎゅっと握っていた。

「気が乗らないなら、ここに残ってもいいよ」

須賀田が私をきっと睨む。彼女の怒り顔はとても怖い。

「行きます！　行きますよ！」

八王子から、五日市方面に北上し、都道33号線にぶつかると、山梨県方面に車を走らせる。ここからは山道になるので、私が運転することにした。

時刻は深夜に差し掛かろうとする時間で、車の通りは全くない。

何度か橋を越え、川沿いに『プロボックス』を走らせる。ナビを見ると、これは南秋川というらしい。

都道33号線は別名『檜原《ひのはら》街道』と呼ばれ、山梨県に入ると県道33号線に名前を変える。その山梨県との境目に近い山林が、『金子総合開発』が購入した土地だった。

高橋のところで調べた登記の情報だと面積は二十ヘクタールほど。すでに山林は伐採されており、ぽかりと空いた山肌には太陽光パネルが敷き詰められる予定らしい。

休憩がてら、車を路肩に停め、ナンバープレートに粘土を張りつけてナンバーを隠す作業をする。

ここからは私有地なので、監視カメラが隠されている可能性があるからだ。

須賀田に使い捨てのマスクを渡す。上着を作業着風のものに着替えさせ、ヤクルトスワローズのキャップをかぶらせた。

ポケットから、薄荷オイルのスプレーを出して指に一吹きし、マスクに塗る。

須賀田にそのスプレーを渡して、私と同じことをするように指示した。

平良が険しい表情で、

「そうなりますか?」

と、私に言う。

「多分。『豊力』は前科あるからね」

私と平良の会話が、須賀田にはよくわからなかったようだ。

構わず、『檜原街道』の脇道に入ってゆく。スピードを出さず、ゆっくりと進んだ。ヘッドライトを消した平良が運転する四トントラックが『プロボックス』のすぐ後ろに続いていた。

Uターン出来ないほどの細い未舗装の私道を進むと、チェーンが巻かれた金網の門扉が見えた。

『この先私有地につき立ち入り禁止』

『防犯カメラで監視中』

という看板が金網に括《くく》り付けてあった。

「警備会社とは契約してないようだ。自分らで監視しているらしいな」

私は車を降りて、工具箱を持って降りてきた平良に言う。

「深夜ですから、油断してくれているといいのですが」

平良が工具箱から取り出したのは、ボルトカッターだ。門扉に近づいて、チェーンをあっさりと切る。

そして、門扉を開けた。

車に戻った私を、非難する目で見ている須賀田の事は無視した。

敷地内に入る。見当をつけていた場所の近くに車を停めた。

「ヘッドライトが見えたら、教えてくれ」

須賀田に命じて、『プロボックス』のハッチを開けて、剣先シャベルを取り出した。

その間、平良はトラックの荷台によじ登り、幌《ほろ》を外して、小型のユンボを起動させていた。

トラックの後部にはリフトが装備されていて、ユンボを動かしてリフトに乗せると

リモコンでそのリフトを降下させる。

私はGPSのアプリを作動させて、山之内が愛犬の首輪に隠していた座標までユンボを誘導した。

シャベルで、地面に半径十メートルほどの円を描き、

「この辺りだ。掘ってみてくれ」

†

結局、作業は二時間を超えたが、警備担当は駆けつけてこなかった。

ユンボのブレードが、ガンと何か金属のようなモノに当たったのは、二メートルほどの地中だ。

そこに降りて、シャベルで土を掻《か》く。どうも、コンテナのようだった。

須賀田がマスクをずらして空気中の匂いを嗅ぐ。

「何ですか、この臭いは？　吐き気がします」

私が開けたのは、コンテナにエアコンをつける際にドレンチューブを通す穴だ。

そこから、警察官なら知っている『あの臭い』が立ち上ってきていた。

「やはりですか」

平良が額の汗を拭《ぬぐ》いながら、呟く。

「紅林に通報する。あとは、あいつが上手くやるだろう。どぶ攫《さら》いの仕事はここまでだな」

平良が差し出した手に掴まって、私は穴から出た。

「まさか、この臭いって……」

須賀田が絶句する。

「初めて嗅いだか？　腐乱臭だよ」

須賀田が走り去って『プロボックス』の陰に隠れた。えずく声が聞こえる。

「早いところ、ここから逃げましょう」

同情する視線を須賀田に送りながら、平良が小型ユンボをトラックに載せる。ワイヤーで固定し、幌をかぶせた。

私は、平良が作業している間、タバコを一本だけ抜き出して咥えた。須賀田が立ち直る時間を与えてやったのだ。

「お見苦しい、ところを、お見せ、しました。もう、平気です」

目に涙をため、吐き気と戦いながら須賀田が言う。私はシャベルを須賀田に差し出す。彼女はその意味するところを理解していた。

「吐きませんでした。埋めなくても大丈夫です。鑑識さんが入るんですよね？」

「そうだ。新入りの警察官は、吐いて鑑識に怒られる。君は彼らより優秀だ」

助手席に須賀田が座る。私は運転席についた。

「薄荷のスプレーのおかげで助かりました」

これをマスクに塗り付けておくと、だいぶ腐乱臭は緩和される。警察官のちょっとした工夫だ。

「私が運転するから、君が紅林に連絡を入れてくれ。『例の座標、ビンゴだった』と」

「深夜ですが、いいのですか？」

「構わん」

敷地で転回して、細い未舗装の私道に入る。後に平良のトラックが続いた。

都内には戻らず、そのまま都道33号線を山梨方面に走る。途中で、ナンバープレートの粘土を外し、甲武トンネルを通って山梨県に抜けた。

ここで平良とは別れる。彼はぐるっと大回りして県道五二二号線を伝って、八王子まで帰るそうだ。

私と須賀田は、そのまま県道33号線を走って上野原に抜け、上野原インターチェンジから中央自動車道に入った。須賀田がだいぶ消耗しているので、私は藤野パーキングエリアで休憩することにした。

須賀田はトイレに向かい、私は喫煙コーナーに向かった。バーガーショップの看板があったが、バーガーのイラストを見ても、食欲はわかなかった。

トイレに向かった須賀田はなかなか帰ってこない。ここ数日間、高校を卒業したばかりの少女には、かなりハードだった。体調を崩してなければいいのだが。

タバコを二本灰にした頃、紅林から電話があった。

『よう、松戸。報告を受けたぞ』

「役に立ったか？」

『ばっちりだ』

珍しく紅林の機嫌がいい。

『「金子」と「豊力」を仕留めることが出来そうだ。不起訴を二回喰らったからな』

あまりいい噂を聞かない『保科集団』の暴力装置と言われる『豊力』の「身分証の偽造」と「死体遺棄」を紅林は有罪に出来なかった。

不起訴に出来ない決定的な証拠が欲しかったので、私に犯罪行為をさせたということか。

私の予想では、あれは古谷田と山之内の死体だ。ところが、もっと規模が大きい事案に発展しているかもしれない。身分証の偽造が、私の頭をよぎる。

身分を盗まれた人はどうなってしまうのか？　身分証の偽造《ハイノリ》だけの案件ではないのかもしれない。

『あとは、こっちに任せておけ。根回しも済んでいるから、捜査本部《チョウバ》が立つぞ』

紅林はあまり警察の職務に熱心ではないが、コケにされるとけっこう根にもつタイプだ。『豊力』は、紅林を怒らせた。そういうことなのだろう。もう、私には関係のないことだが。

紅林との通話を終え、ぶらぶらと『プロボックス』の駐車場所に戻る。

須賀田がやっとトイレから帰ってきた。顔色が良くない。

「やっぱり、吐いてしまいました」

現場では嘔吐しないように頑張ったのだが、気が抜けたのだろう。

「胃の中全部空になったので、お腹《なか》がすきました」

肩越しに振り返って、バーガーショップの看板を見ながら言う。

「残念ながらあれは営業時間外だ。軽食の自販機を利用するといい。君の食事が終わるまで、休憩時間にする。行っておいで」

衝撃を受けても、すぐに立ち直る。須賀田の性格もあるのだろうが、若さゆえの柔軟さが私は羨ましい。

「そうさせていただきます。コーヒーか何か、買ってきましょうか」

「いや、いらない」

答えがぶっきらぼうになってしまった。少し感情がささくれているのかも知れない。

須賀田が、私と並んで同じ月を見て、ぽつんと呟く。

「あんな淋《さび》しい場所で、弔う人も無く埋められていたなんて」

もしも、私が違法行為をしなければ、あの敷地には警察の手が入ることなく、太陽光パネルが敷き詰められていた。コンテナは発見されることなく、暗い土中に埋められたままになっていたはずだ。

「今だって誰かが、行方不明者を探しているはずです。『死』を突き付けられるより、残された人にとっては残酷だと思います」

須賀田も、『残された人』だった。私の傍らを離れ、自販機コーナーに向かう後姿を見送る。

私は、彼女が七年の長きにわたって耐え、未《いま》だにその身を苛《さいな》む孤独に思いを馳《は》せた。

†

死体遺棄現場を発見した一夜から、すでに三日が経過していた。

私の事務所にはテレビが無く、タブレットでニュース配信の動画を見る。あとで須賀田が閲覧できるように、時系列に合わせて動画を整理して保存する作業をしている。

須賀田は高橋のビルに行っている。ＣＣＤカメラの電池の交換と、記録された映像データの確認のためだ。

何か問題が発生したようで、須賀田は、

「要調査案件かもしれません」

と、言っていた。

紅林から連絡が入る。

私は、換気扇の下に移動して、タバコを咥えた。

『よう、松戸。善意の第三者の通報のおかげで、「金子総合開発」が買った奥多摩の土地にメスが入ったぞ。口利きした地元の議員の今井が、保身のために全部自白《ゲロッ》した』

紅林の本丸は、逮捕まで追い込んだのに二件も不起訴になった『豊力』だ。

コンテナの中の死体《ホトケ》は十七体。古谷田と山之内も含まれていた。『豊力』への家宅捜索で、コンテナの中にあった死体との関係を示す証拠が出れば、今度こそぶち込めるだろう。

偽造身分証の工場や本国への送金のための地下銀行など『豊力』傘下の反社会的な組織も、芋蔓式に検挙できるはず。

手柄は紅林のものになる。私や須賀田の名前は、この一連の事案には出てこない。しょせん、私は組織から零《こぼ》れ落ちた野良犬だ。表向き、『ご主人』である紅林に尻《しっ》尾《ぽ》を振っている姿を見せてやろう。それで、敵も紅林も安心する。

『こっちで「豊力」の幹部を何人か検挙する。お前たちが欲しがっている情報があるかもしれないぞ。こっそり横流ししてやるよ』

上手く獲物を狩り出した犬に対する、ご褒美といったところか。

「そいつは、どうも」

わざと興味なげに回答する。本当は喉から手が出るほど欲しい情報だ。私は監視の目が完全に離れるまで、敵が望む腑抜けを演じ続けなければならない。

『諦《あきら》めちまったか？　松戸。お前らしくないな』

激励に見せかけた侮蔑《ぶべつ》。まったく、反吐《へど》が出る。

「負け犬には、路地裏がお似合いだよ。だんだんそれにも慣れてきた」

紅林が鼻で笑う。

『まぁいい。吉報を待て』

「別の案件が入りそうだ。急がなくていいぞ」

これはウソだ。可及的速やかに情報が欲しい。

通話が切れる。スマホを地面に叩きつけたくなる衝動を、やっと堪《こら》えた。物に当たっても、何も事態は変わらない。

もう一本、タバコを出して咥える。怒りの残滓に指先が少し震えていた。

第二話　『ゴンベン』

高橋の事務所から帰ってきた須賀田は、やや興奮気味だった。まるで、手ごろな小枝を見つけ、それを咥《くわ》えて走ってくる子犬を連想させて微笑《ほほえ》ましい。

「松戸さん。事件です」

須賀田が有名な時代劇の印籠《いんろう》のように私にスマホを掲げる。以前、高橋のビルのエントランスに仕掛けたＣＣＤカメラの映像だった。

それは、郵便局員がメールボックスに郵便物を入れている動画で、たしかに不自然だった。

「郵便局員さんですが、ほら、高橋さんのポストにだけ何も入れません」

「たまたまの可能性は？」

私の質問に、須賀田が頷《うなず》く。私と彼女のミーティングはソファとローテーブルで行う。私はベッド代わりにしているソファに座り、須賀田は私の真向かいに座った。

「ＣＣＤカメラ設置日から今日まで、郵便局員さんは高橋さんのポストに投函《とうかん》しません。これはありえません」

モグリの興信所とはいえ、探偵業一ヶ月未満の須賀田にしては、まともに推理している。

「では、状況確認を頼む」

須賀田は、スマホをローテーブルに置き、スーツの内ポケットから手帳を取り出してパラパラとめくる。

近頃《ちかごろ》の若い者は、なんでもスマホの機能で済ませたがる。警察官でもそうだ。だが、私は機能の一極集中は危険だと思っている。

須賀田にはデジタルカメラ、交通系ICカード、現金、公衆電話用十円玉数枚、手帳を所持するように助言していた。

スマホ一つにあらゆる機能を兼ねさせるのは便利だが、危機管理の観点から考えると、『スマホを取り上げられたら何もできなくなる』のは良くない。

須賀田は素直な性格なので、私に助言を受けて手帳を愛用するようになっていた。

「宅配便を使った荷物は、普通に高橋さんに届きます。郵便局のものだけ届いていませんね」

退屈なCCDカメラ映像のチェックを須賀田はきちんとやっている。

「高橋さんのオフィスビルのポストに郵便局員さんが来るのは、午前十一時頃と、夕方四時頃の二回です。集配は新設の『浅草東郵便局』になっています」

　須賀田は調べた情報が書かれている手帳を読み上げる。

「で？　次はどうする？」

　須賀田は、ローテーブルのスマホを尻《しり》ポケットに、手帳をスーツの右の内ポケットに入れ、反対側の左の内ポケットから封筒を取り出す。そういえば、スーツのジャケットはポケットが一杯あって楽しいと、彼女は言っていた。

「ええと、郵便局の『転居・転送サービス』が不正に行われていないかの確認ですね。これから『浅草東郵便局』に行こうと思っています」

　と言いながら、封筒の中身を私に見せる。

「高橋さんに、委任状を書いて頂きました。これでいいかどうか、確認お願いします」

　委任状を持参した者を代理人として、高橋の権利を行使する旨が書かれており、今日の日付、申請人である高橋の名前と住所と押印、代理人である須賀田の住所と氏名と押印という、必要な記載があることを私は確認した。

「大丈夫だろう。運転免許証を忘れずにな」

　須賀田が、内ポケットのボタンに紛失防止の紐《ひも》を括《くく》り付けた革のカードケースを私にチラリと見せる。そこには運転免許証と、この事務所への所属を示す証明書が収められていた。

そういえば、事業届で、事業主が私単独から須賀田との共同代表に変わる手続きをしたが、事務所の名称も変わっている。

『松戸&須賀田　調査事務所』

という、正体不明のものだ。私は須賀田が命名したこの会社名を気に入っている。何をやっているのか、さっぱりわからない曖昧《あいまい》さがいい感じだ。

「任せるので、やってみるといい」

その言葉に須賀田が闘志をみなぎらせる。彼女は果敢な性格だ。持っている美点の一つである。

「私は別件があるので、しばらく出かける。何かあったら、電話してくれ」

私は、タオルを二枚、ナイロンタオルを一枚といういつものセットを布製のトートバッグに詰め、ぶらぶらと歩く。

路地裏から『ひさご通り』に出て、今日は『言問《こととい》通り』に向かう。

『言問通り』を横断して『千束《せんぞく》通り』に入った。浅草三丁目の交差点を右折すると見えてくるのが宮造りの渋い銭湯『曙湯』だ。

　私の事務所から最も近い銭湯なので、よく使う。まだ十五時になったばかりなので空《す》いている。

　チケットを財布から出して入場する。隅々まで清掃が行き届いた更衣室で全裸になり、タオルとナイロンタオルを持って、浴場に入る。

　さっと体を洗って浴槽《よくそう》に身を沈める。高い天井を眺めながら、先日、紅林からの依頼で調べた山之内の案件を反芻《はんすう》していた。

　紅林の情報だと、黒社会に近い『豊力』の家宅捜索で、複数の行方不明者の個人情報や所持品が発見されて、コンテナ内で見つかった遺体との関係を調べているという状況らしい。

　遺体の司法解剖やＤＮＡ鑑定も進められており、発見された個人情報の近親者からＤＮＡ鑑定用に検体が提出されているそうだ。

　これでもしも、遺体が誰《だれ》なのか特定され、かつその人物が生きていることになっているとすれば、現在その身分証を使っている者は何者なのか？　という話になる。ここまでくると、公安案件だ。

　組織的に日本人が誘拐され、別人がその日本人として存在している……という都市伝説はあったが、これが裏付けられるとしたならば、大きな事件である。

大規模な太陽光発電の工事を進めていた『金子総合開発』にも家宅捜索が入り、イリーガルな企業に名義だけを貸す『フロント企業商法』にも、ようやく手が届くそうだ。

陰の元請けである『保科集団』は、いち早く『豊力』と『金子総合開発』を切り捨てて保身を図っている。彼らは、

「反社会的で狡猾《こうかつ》な組織にダマされた。我々もまた被害者である」

という設定を貫く予定らしい。白々しいにもほどがあるが、早くも某政党の議員先生から捜査機関に圧力がかかっているそうだ。

私が所属していた混成捜査チームの公安外事第二課の刑事である久我が追っていたのが、

『人が消え、誰かがその身分を乗っ取る』

という都市伝説だ。

今回の『豊力』の案件を見ていると、彼の死も、本当に事故死だったのかますます疑問に感じる。

私自身も事故で死にかけた。いや、事故ではなく「事故に見せかけて殺されそうに

なった」だ。

どこかの暗闇《くらやみ》に、警察官を平気で殺すような怪物たちが潜《ひそ》んでいる。

私は負け犬を装いつつ、そいつらに迫らなければならない。

一瞬の油断で、私には死神の鎌《かま》が振り下ろされてしまう。愚者の仮面は必須だ。

銭湯で汗をさっぱりと洗い流したあと、私が向かったのは二学年後輩の六島麻男《むつしまあさお》の住居だった。高校の教師をしているが、今は休職中らしい。なんでも、担任をしていたクラスが荒れて、いわゆる学級崩壊を起こし、PTAと学年主任の両方から責め立てられて、精神のバランスを崩した……という設定だった。

私の知っている六島は、そんなタマではない。きれいごとしか言わず、PTAに阿《おもね》るばかりの学年主任の篠原一郎《しのはらいちろう》とかいう鼻がでかいのが特徴の無能に、

「それじゃ、あんたがやれ」

と、ぶん投げたに過ぎない。

次々と病名を変えて病気休暇九十日間を三回繰り返し、病気休職に切り替えたのもわざとだ。この卑劣な手口は、篠原が若い頃に使った手口なのである。

その六島から「相談がある」と連絡があったのだ。六島の下宿は小さくて古い寺で、明治には石川啄木が寄宿していた寺らしい。名前を金剛山平等寺《こんごうさんびょうどうじ》という。

『国際通り』沿いには古くからある寺が点在していて、その殆《ほとん》どが真宗だ。いくつか派閥はあるらしいが、私はよく知らない。平等寺はそのうちの一つである。

勝海舟やジョン万次郎が通ったと言われる老舗《しにせ》のうなぎ屋の横を通り、『国際通り』を横断して、交番の脇《わき》を通り過ぎて平等寺に向かう。

歩きながら、六島に電話を入れた。

「わざわざすいませんね」

と全く恐縮の気持ちが感じられない声で六島が言う。そうそう、コイツはそんな奴《やつ》だった。

「生意気だ」

と、学生時代に厳《いか》つい先輩方に集団暴行を受けて大怪我《おおけが》をしたが、怪我から回復したら、一人ずつ順番にバールのようなものでぶん殴って全員病院送りにしたのだった。

六島とコトを構えた篠原は、反撃されてさぞ困っていることだろう。同情する。

寺の外に、六島が出てきていた。カランコロンと鳴っているのは下駄《げた》だった。こいつは体幹を鍛えるため、一本歯の下駄を愛用している。

格闘技は習っていないが、昔からケンカは強かった。私と同じく体格には恵まれていないが、瞬間的な筋力が強い。

この変人が熱中したのは化学だった。理系の大学を出て、教職課程を経て教育職員免許状を取得したのは、教えるのが好きだからだ。偏差値が低すぎる私立高校に就職して化学の楽しさを伝えられないのは、六島にとって残念なことだっただろう。

一本歯の高下駄を鳴らした六島と一緒に入ったのは、純喫茶店『マウンテン』だった。

店全体がコーヒーに燻蒸《くんじょう》されたような内装で、全《すべ》てが古ぼけているが、私も六島も居心地がいいので、つい足を運んでしまう。

本当は『オレンジ通り』に『アンヂェラス』という老舗の喫茶店があったのだが、建物の老朽化で廃業してしまっていた。

店が無くなって四年になるが、今でもみっちり詰まった小さなロールケーキが懐かしい。

私と六島は『マウンテン』で名物のナポリタンを頼み、食べながら話をした。

「うちの生徒が、犯罪に巻き込まれているらしいんすよ」

麺を小さく切って、用心深く咀嚼《そしやく》しながら六島が言う。六島は以前、麺を喉《のど》に詰まらせてあやうく窒息しかけたことがあり、パスタの類《たぐい》を食べるときだけおちょぼ口になる。

「なにやらかした？」

六島が、慎重にナポリタンを嚥下《えんか》し、話を続ける。

「生徒から密告《チクリ》がありましてね。バイトに応募した奴がいるんですって」

面識がない者同士がSNSでつながって、犯罪に手を染める。近年増えてきた犯罪行為であった。

これの背景にはヤクザが絡んでいると、警察は睨《にら》んでいる。

どんなリスクがあるのか想像できない馬鹿を集めて、強盗《タタキ》や窃盗《ウカンムリ》を実行させるという この犯罪は、暴対法を躱《かわ》すのにちょうどいい。

「お前んとこの生徒が、闇《やみ》バイトに手を出したってことか？」

「そうらしいっす」

年々、この犯罪は巧妙化している。集められた実行犯役は逮捕出来ても、元請けは判明しない。

そして、一度踏み込んだら抜けることは出来ない。なぜなら……、

「身分証は預けちまったのか？」

「抜けたいと言ったら、『両親ぶっ殺して、お前の目の前で姉と妹を輪姦《マワ》す』と、脅されて、竦《すく》み上がっちまったそうっす」

友達に相談し、その友達が休職中の六島に泣きついたという流れだった。

「松戸さんは、警察にコネあるんでしょ？　助けてくださいよ」

前途有望かどうかはわからないが、若者が一人犯罪者になるかどうかの瀬戸際だ。心情的には助けてやりたくなる。

「元請けから連絡は？」

「今はまだないらしいっす。計画中だから連絡を待てと言われているそうな」

この元請けも、闇バイトで集められた馬鹿だろう。ヤクザが直で指示を出すわけがない。

「犯罪に手を出したら、もう庇《かば》えない。のらくらと嘘《うそ》をついて参加しないように言ってくれ」

六島が頷く。

「俺《おれ》もそう思ってました。中間の指示役もどうせ馬鹿でマニュアル化された対応しかできないはずっすよね」

「そういうことだ」

私は紅林の仕事以外は身内の仕事しか受けない。だが、こうも続くとどうなってんだ？　と悲鳴を上げたくなる。

「何かあったら、事務所に連絡を入れてくれ」

六島に新しくなった名刺を渡す。

「え？　『松戸&須賀田　調査事務所』？　須賀田って誰っすか？」

「新しいパートナーだよ。今度、紹介する」

六島には化学の知識がある。鑑識の真似事《まねごと》も出来るし、コイツが借りているラボには実験道具がある。

調査に協力してくれる人脈ではあるのだ。

†

事務所に戻り、洗面所にタオルを干して、駐車場に降りて『プロボックス』に乗り込む。

上野、池袋、渋谷、新宿、品川と、順番に貸金庫を廻《まわ》り、各所に置いてあるノートPCに、紅林から提供された情報を書き加えておく。

ハッキングを警戒して、ネットには接続していない。なので、面倒だがこうして直接手入力をするしかない。

日本はハッキング天国と化していて、防衛省の機密文書ですら危機に晒《さら》されているらしい。真偽のほどはしらないが、アメリカ国家安全保障局《NSA》から防衛省へ、

「貴省の高度な機密情報が窃視されている」

と警報がいったという噂《うわさ》まである。もし、本当ならガバガバだ。

まるで被害妄想みたいだが、実際に私を含めて何人かの警察官が襲われるような事案があった。襲われる理由すら私にはわかっていない。真相が究明されるまで、警戒しすぎるぐらいでちょうどいい。

一つだけわかるのは、私を嵌《は》めた『敵』が権力にも食い込んでいる連中だということだ。根は相当に深い。

データの入力を終えて事務所に戻ると、須賀田が帰ってきていた。

ぷりぷりと怒りながら、何か調べものをしている。

彼女は、ノートPCの画面から目を離さず、

「おかえりなさい」

とだけ言った。数時間前と違って、かなり機嫌が悪い。

「ただいま」

私は面倒ごとの予感がするので、「どうした？」とは聞かなかった。だが、冷蔵庫

から、彼女の叔父をぶん殴ろうとコンビニエンスストアで買った缶コーヒーの残りを、デスクに置く程度の事はしてやった。

「あ、どうもありがとうございます」

やはり、PCのモニターから目を離さずに、須賀田がお礼を言う。モニターをチラリと見たが『郵便法』についてだった。交渉が上手《うま》くいかなかったと見える。

須賀田は負けん気が強いタイプだ。理論武装して、再度交渉するつもりだろう。正直いって「面倒くさいな」としか思えなかったが、覚悟を決めて手助けをすることにした。

「どうした？」

「聞いてくださいよ、松戸さん」

須賀田が私から話を振られるのを待っていたかのように、憤懣《ふんまん》やるかたない口調で語り始めた。

「高橋さんの委任状を持って、『浅草東郵便局』に行ったんです。そこで、『転居・転送サービス』が出されているか、確認をとりたいとお願いしたんです」

須賀田は左手に握りこんでいる何か白いものに、右の拳《こぶし》を何度も打ち付けていた。

その白いモノは、どうやら自然石のようだった。コツコツと音を立てて拳が当たっている。痛くないのかと思ったが、彼女は平気らしい。血も出ていない。

私の視線に気づいて、須賀田が慌てて自然石をスーツの脇ポケットに入れる。いつも、情緒不安定になると握っているポケットがそこだった。

「変な癖ですよね」

一度はしまった自然石を須賀田が取り出してデスクに置く。

「なんだ？　これ？」

「翡翠《ひすい》の原石なんです。両親と新潟《にいがた》にある別荘に行った時に、ビーチコーミングで拾いました」

新潟県の糸魚川《いといがわ》では、翡翠が採取できる。河岸での採取は禁止されているが、海岸まで流れてきたものは採取可能らしい。

その海岸は『ヒスイ海岸』と呼ばれて、観光名所になっていた。

「拳を打ち付けているのは、中手骨と基節骨を繋《つな》ぐ関節を鍛えるためです」

彼女が、右拳を握って私に見せる。空手家のように盛り上がって変形していた。そこが胼胝《たこ》のようになっている。いわゆる『拳胼胝《けんだこ》』というやつだ。

「空手やっていたっけ？」

「いいえ、剣道だけです。空手と柔道は雄太叔父さんがやっていました。ちょっとだけ手ほどきは受けましたが」

拳を鍛えておけという助言は、彼かららしい。今ではすっかり癖になっているとのことだ。

「痛くないのか？」

「最初は血豆になって痛みはありましたが、今はそうでもないです。纐纈《はなふさ》家は遺伝的に『骨密度』が高いみたいで、打撃系の武術を習得する者が多かったようです」

須賀田の父親・纐纈太郎《たろう》は資産家であると同時に、フルコンタクト系の空手選手だったらしい。若い頃、大会では上位の常連だったとか。

須賀田にとって、この翡翠の石は家族との幸せな記憶と結びついているのだろう。

お守りかと思ったが、推理はそう外れてはいなかった。

「いったい『浅草東郵便局』で何があった？」

須賀田がきりきりと唇を噛《か》みしめる。よほど悔しかったのだろう。内ポケットから、手帳を出してそれに目を落とす。

「依頼人である高橋さんのポストに郵便物が届かない件につき、問い合わせをしたのですが、三月十五日の時点で転居届が出て『転居・転送サービス』が三月二十五日の時点で実行されていることがわかりました」

　これで、高橋宛《あて》の郵便物は謎《なぞ》の転居先に送られてしまうことになる。クレジットカードの使用明細なども何者かの手に入ってしまう形だ。直接何かが起きるわけではないが、気味が悪い。

「高橋さんは転居しておらず、何者かが虚偽の申請を行った可能性があるので、取り消ししたいが、どうしたらいいかと尋ねたのですが……」

　個人情報保護法やら郵便法やらを持ち出して、相手は須賀田を煙《けむ》に巻いたらしい。悪意に晒されたことがないお嬢様の須賀田には、なかなかの試練だったと思う。

「対応したのは、誰だかわかるかい」

「郵便集配センター主任の小島《こじま》と名乗る方でした。ネームプレートを確認しようと思ったのですが、隠されてしまって……。名刺を要求したのですが、『今は切らしている』と、嘘をつかれました」

　相手が若い女性ということで、舐《な》めた態度をとったのだろう。そういう奴は、どこにでも一定数存在する。

「そのうえ『彼氏はいるのか？』とか、『なかなか美人だな』とか、『スタイルがいい』とか、『便宜を図るから、一緒にホテルに行こう』とか言われてしまって、頭に血が上りそうになりました」

可哀想《かわいそう》に……セクハラまで受けたというのか。須賀田の単独での事案はほろ苦いデビューとなってしまったようだ。

「その足で、浅草警察署に相談に行ったのですが……」

警察署には相談窓口がある。これも運なのだが、ごく稀《まれ》にやる気がない者に当たることがある。今回、須賀田は運がなかったようだ。

「転居届と『転居・転送サービス』申請書の控えをもらってきてくれと言われて、『浅草東郵便局』に取って返したのですが、この郵便局で受け付けしたわけではないそうです」

旧住所から新住所に郵便物を転送してくれる『転居・転送サービス』は便利な仕組みだが、これを悪用した詐欺事案《ゴンベン》は存在する。単なる悪戯《いたずら》ではなく、犯罪の臭《にお》いがしてきた。

「もっと、上手く交渉できたんじゃないかと思うと、自分が情けなくて、悔しいです」

肩を落とす須賀田を見て、私の胸中に浮かんだのは、怒りだった。

自分の娘や妹がいじめられたのを見た感覚に近いのかもしれない。

「よし、今日は銭湯行って、コーヒー牛乳飲んで、寝ちまえ」

須賀田が私をきょとんとした顔で見る。

「銭湯……行ったことないです」

「浅草にはいい銭湯が一杯ある。気分転換には、銭湯が一番だよ」

†

銭湯は昼間に利用した『曙湯』にした。この銭湯は深夜までやっているので、今はまだ営業時間内だ。

須賀田は一度部屋に戻り、バスタオル、タオル、ナイロンタオル、愛用しているシャンプーやリンス、ボディソープ、着替えの下着や、化粧水などのスキンケア用品の数々をトートバッグに詰めて戻ってきた。

私は例によってタオル二本にナイロンタオルが一本。あとは替えの下着を愛用のトートバッグに詰めた。『曙湯』では、サービスでリンスインシャンプーとボディソープが用意されているので私はそれを使う。

銭湯に向かう道すがら、作法をレクチャーする。

スマホ類は盗撮と間違えられるため、脱衣所で使わない。

入浴する前に水分をとっておく。

浴場に入ったら、まずは体を洗ってから湯船に浸《つ》かる。

タオルは湯船に入れない。衛生的ではないから。

髪が長い場合は、まとめておく。湯船に髪を浸けると衛生的ではないから。

使用した桶《おけ》や椅子《いす》はざっと洗って元の位置に戻す。

床に残った石鹼《せっけん》の泡はざっと流す。

そんな説明を、須賀田はふんふんと頷きながら聞いている。

「とにかく、手足を伸ばしてゆっくりと浸かれ。近頃はシャワーばかりだっただろ?」

二枚のチケットを番台の女将《おかみ》に渡して、男女の脱衣所に分かれて入る。

夜の九時に近い時間。客は三人だけだった。女湯のほうから話し声がしないので、須賀田の貸し切りかもしれない。女湯のほうは、利用者同士賑《にぎ》やかに会話をする。男湯のほうは、むっつりと黙っている利用客が多い傾向がある。

私もうとうとしながらゆっくりと浸かった。たまに水シャワーを浴びて、また湯船に戻る。それをくり返すのが好きだ。

客は一人帰り、二人帰りして、小一時間ほどすると私一人になった。

湯船の縁に頭を預けて思い切り体を伸ばす。

高い天井に、湯船の波が照明を照り返して、ゆらゆらと複雑な図形を描く。

耳を澄ませば、囁《ささや》くような歌声で須賀田が歌っているのがわかった。『竹田の子守歌』だった。私が生まれる前に流行した歌だ。どこか古風な須賀田に似合っているような気がした。


風呂《ふろ》から上がり、ロビーで待っていると、やや遅れて須賀田が脱衣所から出てきた。顔から険がとれていて、いい気分転換が出来たことがわかった。

「お待たせしました」

そう言って私の隣に座る。ふわりと石鹸の匂《にお》いがした。私は番台の女将に金を払って、コーヒー牛乳を二本買った。その一本を、須賀田に渡す。

「瓶のコーヒー牛乳、久しぶりに見ました」

よく冷えた瓶を、須賀田は頬《ほお》に当ててひらりと笑う。

「銭湯の仕上げは、牛乳かコーヒー牛乳だからな。立って、小腰に手を当てて、一気飲みするのが作法だよ」

キャップを開けて、実演してみせる。須賀田も、それを真似した。

「松戸さん。口にコーヒー牛乳がついています」

「君もだよ」

手の甲でそれを拭《ぬぐ》って、須賀田が今度は声に出して笑う。

「ありがとうございます」

須賀田が私にぺこりと頭を下げる。

「何がだ？」

「私が落ち込んでいたので、元気づけて下さったんですよね？　うん、元気出ました」

須賀田は強い。そして柔軟だ。きっかけさえ与えてあげれば、すぐに立ち直る。

「今日は早めに就寝して、明日またトライしよう。高橋の所には私も同行する」

銭湯の『曙湯』を出て、事務所とは逆方向だが、隅田川方面に向かう。

「どこに行くんですか？」

「コンビニエンスストアで買い物だよ」

須賀田が首を傾《かし》げる。

「え？　『ひさご通り』にもありますよね？」

「楊くんのところでは、売ってないんだ」

歩いて五分もかからないうちについたのは、コンビニエンスストアと百円ショップの中間のような店だった。

私はそこで『レターパックライト』を買った。

「思いつきませんでした……」

須賀田は私がやろうとしていることに気が付いたらしい。

私は、コンビニエンスストア内のイートインコーナーで高橋の住所を書き、事務所の備品の一つである『GPS追跡端末』を入れて封をし、シールを剝《は》がして郵便ポストに投函《とうかん》した。このGPS追跡装置は、スマホの充電器に偽装されており、実際充電器としての機能もある。

GPS追跡装置を封入したレターパックライトは、日本郵便が行っているサービスで、厚さ三センチ・重さ四キログラムまで封入することが出来るA4サイズの厚紙の封筒だ。

購入費用に切手代も含まれているので、宛先《あてさき》を書くだけで郵便ポストに投函できた。シールがあり、それを剝がすことで使用済みの扱いになる。シールには個別識別番号が書かれていて、投函したレターパックがどこまで配達されたか、日本郵便のHPで確認できる。

これで、高橋の郵便物の転送先が追えるというわけだ。

スマホのアプリを起動し、GPSが正常に作動していることを確認した。

「これ、犯罪ですよね？」

「ギリOKだよ」

†

朝、須賀田と二人で高橋の事務所に向かう。GPS追跡装置は、まだコンビニエンスストアの脇にある郵便ポストから動いておらず、回収されていないようだ。

もう、高橋のビルのエントランスに設置したCCDカメラの役目は終わったので、それを回収する。

「転送されていただと？」

須賀田から説明を受けて、高橋が渋面を作った。昨日《きのう》、須賀田は動揺してクライアントへの報告を怠ってしまっていた。

そのことを彼女は素直に高橋に謝罪した。

「いいよ、いいよ、依美ちゃん。そんな事より、セクハラ受けて大変だったね」

須賀田はもう悔しそうな顔をしておらず、闘志をみなぎらせていた。

「松戸、お前『知能犯』専門だったんだろ？　犯人は何をやるつもりだ？」

個人情報を奪うというのは、無数に犯罪利用が類推できる。まさか、直近に調査した『豊力』のような、命を奪って身分を乗っ取る……といった、乱暴なことはしないとは思うが。

「まぁ、詐欺案件《ゴンベン》だろうな」

高橋に成りすましてやることと言えば、カードを作って限度額まで借りる……あたりだろうか。

「キャッシュカード、停止しておくか？」

「いや、無駄だ。犯人は新規に作るんだよ」

本人確認を兼ねて、登録している住所にカードは郵送されてくる。受け取りに押印するが、三文判で『高橋』はいくらでも手に入る。

「それじゃ、防ぎきれないじゃないか」

私は、レターパックのシールを高橋に見せた。

「どこまで配達されているか、日本郵便のＨＰで確認できる。ＧＰＳで裏付けも出来る。少なくとも犯人の住所はわかるぞ」

高橋が、憤慨して大きなため息をつく。

「今は、警察に被害届を出す準備をしておこう。雛型《ひながた》を作ってあるから、空欄を埋めておいてくれ」

クラウドから必要なファイルをコピーし、高橋のPCに転送しておく。高橋はそれをプリントアウトして、必要事項を書き込めばいい。

私が所属していた捜査第二課は、書類仕事が多かった。なので、どういう資料を用意すれば警察署で円滑に事務が捗《はかど》るか、知っている。

高橋に書き方を指導して、須賀田と一緒に『浅草東郵便局』に向かう。

先方は転居届と『転居・転送サービス』申請は、この郵便局で行われたわけではないと須賀田には言っているので、その確認だ。

須賀田は郵便局内のベンチに待機し、デジタルカメラで動画を撮影することになっている。私は須賀田にアイコンタクトを送り、集配センターに顔を出した。

人相と体格が須賀田の証言と合致する、『小島』と名乗った主任らしき者が集配センターで働いているのを確認して、窓口の男に、

「集配センターの主任を呼んできてくれますか、ほら、あの人です」

と言った。警戒する素振りが、その窓口の男からは感じられた。何かクレームがつ

けられると思ったのだろう。――その通りだよ。

「はい？」

いかにも、「昔やんちゃしていました」といった顔つきの男が、面倒くさそうに私の前に立った。

私は、高橋からの委任状と事務所の顔写真付きの身分証を提示し、

「不正に転居届と『転居・転送サービス』申請が行われた疑いがある。警察に被害届を出すので、証拠品として犯人が書いた申請書を提出してほしい」

と言ってやった。須賀田が言ったことと同じ内容だ。須賀田の事が記憶にあったらしく、下司《げす》な笑みが男に浮かんだ。

「昨日のカワイ子ちゃんの上司がおでましか。彼女にも言ったが、個人情報なので、はいそうですかと出せないぜ」

これは嘘だ。本人もしくは本人に権利行使を委任されている代理人には、情報を開示しなければならない。

「そうか、君では話にならないので、上長と話をさせて頂く。ここに呼んできてくれたまえ。それと、君の名前を名乗れ」

軽く扱われたのでカチンときたのか、男の顔が怒気に膨れる。須賀田から聞いてい

たが、腕を使って巧妙に胸のネームプレートを隠していた。

「このやろう、こっちが大人しくしてりゃ、図に乗りやがって。俺《おれ》がこの集配センターのトップだ。俺の意見がこの集配センターの意見だ」

と、とんだ暴言を言い始めて呆《あき》れた。

「名を名乗れと言ったぞ。こっちは提示している。フェアに行こうじゃないか」

私は、この男に胸倉を摑《つか》まれた。この馬鹿は怒りのコントロールが出来ていない。

「おいおい、胸倉を摑むだけでも刑法二〇八条に基づく『暴行罪』適用だぞ？　いいのか？　手を放せ」

わざと大きな声で言い放ってやる。郵便局内に私の声が響いた。男は慌てて私を摑んだ手を放した。だが、遅い。この様子は、須賀田が撮影している。

騒ぎを聞いて駆けつけてきたのは、副局長だった。

「一体何事ですか？」

小沢《おざわ》と名乗った副局長が、身振りで自称『小島』に下がるように指示して、私と彼の間に立つ。

「胸倉を摑まれた。彼は暴行罪の現行犯だ」

ポケットから、私はＩＣレコーダーを取り出して、小沢副局長に見せる。

「やり取りは、録音している。これは、万が一の場合は警察と弁護士に証拠品として提出する」

小沢の顔色が変わった。不貞腐《ふてくさ》れたような態度の自称『小島』をチラリと見て、舌打ちをする。

「ここでは何ですので、あちらに」

導かれたのは、融資などの相談窓口だった。係員を退《ひ》かせて、カウンターの内側に小沢副局長、集配センター主任の自称『小島』が座る。カウンターの外側には私が座った。

「それ、盗聴じゃないのですか？」

まずは小沢副局長が苦言を呈する。

「SNSなどで拡散すれば盗聴だが、警察や弁護士に提出するためなら証拠品だよ。今も録音は続いているから、発言に気を付けるといい」

集配センター主任は諦《あきら》めたのか、胸の身分証を隠さなくなった。本当は大島《おおしま》という名前だった。

「事情をお聞かせ願えますか？」

小沢副局長が名刺を差し出しながら、言う。私も名刺を彼に渡した。

私は、昨日からの一連の流れを順を追って説明した。『小島』改め『大島』の、須賀田へのセクハラ発言も包み隠さず報告する。

文字通り、小沢副局長は頭を抱えた。

「大島君、マズいよ。君は何度問題を起こせば気が済むのかね？」

私の目の前で叱責《しっせき》されたのが気に食わないのか、大島主任は口を引き結んで、謝罪も反省も口にしない。

「うちの局員が申し訳ありませんでした。転居届と『転居・転送サービス』申請書については、調べて参りますので、少々お待ちください」

小沢副局長が席を外し、バックヤードに消えた。大島主任は「お前のせいだ」と言わんばかりに、私を睨みつけていた。典型的な他責思考だ。要するに精神年齢が低いということだろう。

私は、大島を無視した。『お前に価値はない』と態度で示してやったのだ。

大島主任は、他責思考のうえに自己顕示欲が強い。こういうタイプは、無視されるのが一番頭にくる。

更に失言を重ねるかと期待していたが、ＩＣレコーダーのこともあるので、何も言わない程度の知恵はあるようだった。

私が大島を無視しながらスマホで見ていたのは、レターパックの追跡データだ。日本郵便のＨＰでは、配送中のマークがついており、ＧＰＳで確認をとったら、既にこの『浅草東郵便局』からどこかに転送中だった。

「お待たせいたしました。転居届と『転居・転送サービス』申請書は、『歌舞伎町《かぶきちょう》郵便局』で提出されておりました。詳細は、『歌舞伎町郵便局』でお尋ねください。こちら、紹介状です」

封筒に入っていたのは、小沢副局長から『歌舞伎町郵便局』の法務担当者に宛《あ》てた申し送り書だった。

私は礼を言って、その紹介状は内ポケットにしまって、席を立つ。

「あの……警察には……」

小沢副局長が、媚《こ》びるような目で私を見上げていた。不愉快だった。

「『歌舞伎町郵便局』の対応次第ですね。こじれないように、根回ししておいたほうがいい。では、これから向かいます」

掬《すく》い上げるような目で、大島主任が睨みつけてきたが、私はそれを無視した。

私は須賀田を伴って、『浅草東郵便局』を出た。

「私は、侮られていたのですね」

そう言って、彼女が肩を落としてトボトボと歩く。

「若い女性とみると、嵩《かさ》にかかる馬鹿はいるよ。今回はいい勉強になったと思うことにしよう」

私と須賀田は、浅草駅の都バス乗り場に向かって歩いていた。バスで浅草橋まで抜けて、そこから総武線に乗る予定だった。

ばたばたという足音が聞こえたのは、その時だった。

憤怒《ふんぬ》の表情を浮かべた大島主任が追いかけてきたのだった。

「もう、君とは話すことなんか、ないんだがね」

そう言い終わらないうちに、私はいきなりぶん殴られた。

ここまで馬鹿だとは想像していなかったので、完全に油断していた。

グラグラと世界が揺れているのは、いい感じに脳がゆすられる角度で拳が当たったからだろう。

壁に手をついて、転倒は避けたがずるずると頽《くずお》れてしまった。

「松戸さん！」

須賀田が轟音《ごうおん》の中で叫んでいるのがわかった。ここは、東武浅草線の高架の下だ。丁度電車が通っていたのだった。

須賀田が、大島主任と私の間に立ち塞がる。彼奴は私を蹴りまわそうと構えていたが、足を止めた。

「どけ！」

大島主任が怒鳴った。

「どきません」

須賀田がポケットから出したのは、翡翠の原石だ。それを右手で握りこむ。その右手をまっすぐ前に突き出した。左手は、右腕の手首あたりに添えていた。右足は前に、左足は少し踵《かかと》を浮かせている。

これは、右腕を竹刀に見立てた剣道の構えだった。

大島主任は、拳を握り半身になって前に出した右足をやや浮かす。キックボクシングを齧《かじ》っているのがそれでわかった。

「何してる、逃げろ須賀田」

大島主任はいかにも暴力に慣れている。危険だった。私はまだ地面が揺れていて立ち上がることすらできない。ぼたぼたと落滴したのは鼻血だった。くそ、馬鹿力め！

歯の間から鋭い息を吐いて、大島主任が右のストレートを打ってくる。須賀田は右の拳でそれを斜めに弾《はじ》いた。

大島主任のその一撃は誘いだった。大きく踏み込んでくると、膝《ひざ》を突き上げてきた。

須賀田の死角からのカチあげだった。だが須賀田はそのまますっと斜め前に足を送り、膝に空を切らせると同時に思い切り体重を乗せた右拳を、大島主任の眉間《みけん》に打ち込んでいた。

人間の頭蓋骨《ずがいこつ》は固い。拳を鍛えていないと、手を骨折してしまう。剣道なら『面』だろう。

「あ、そういうことか」

須賀田が拳を鍛えている理由がわかった。竹刀に見立てた右腕をぶん回しても怪我をしないためだ。

しかも、石を握りこんでいる。何かを握って殴ると衝撃は大きくなるものだ。翡翠の石は拳を鍛える道具であると同時に武器でもあったのだ。

大島主任が『面』を受けて昏倒《こんとう》する。須賀田は大島主任が地面に頭を打ち付けないように、胸倉を摑んでゆっくり地面に座らせた。

異臭がした。大島主任は、脱糞《だっぷん》しているらしい。

「臭《くさ》っ!」

そう吐き捨てて、ポケットに翡翠の原石をしまいながら、へたり込んでいる私に須賀田が手を差し伸べてくる。

不甲斐ないことだが、その手に縋って私はやっと立った。ポケットからティッシュを取り出して、丸めて鼻に詰めた。ワイシャツを調べる。血がつかなくてよかった。着替えるのは面倒くさい。

「後頭部トントンしましょうか？」

「それ、俗説だからな。効果ないぞ」

このまま、バス停まで向かうことにする。須賀田がちらっと脱糞して気を失っている大島主任を見た。股間《こかん》がじわじわと濡《ぬ》れてきたので、寝小便もしているらしい。

「このままでいいんですか？」

「臭いから、近づきたくない。あのままでいいよ。先に手を出したのはあの野郎だ。正当防衛成立だよ」

浅草には、昼間から酔いつぶれている者もいるので、高架の支柱に寄り掛かってねているのも、風景の一つだ。

私は一応『不審者が倒れている』と一一〇番通報しておいた。

†

東武浅草駅前のバス停に着く。

バス停の隣は、六階建てのビルの四階までの全フロアで靴の販売を行っている『靴の丸善』が有名だ。ちなみに書籍の販売の丸善とは関係ない。

私はバスが来るまでの待ち時間、バス停近くのコンビニエンスストアで、ペットボトルのお茶を買って殴られた頬を冷やした。

あの馬鹿力め。思い切り殴りやがった。歯が折れなかったのは不幸中の幸いか。

「あの『小島』氏は、なぜ襲撃などしたのでしょう？　松戸さんが警察に言えば暴行傷害罪じゃないですか」

ここまで言って、須賀田が口をつぐむ。小声で「あ、私もか……」と呟《つぶや》いていた。

「あの野郎は、大島と言うらしい。君に嘘をついていたんだな」

須賀田がぷっと頬を膨らませる。

「もう一発殴っておけばよかった」

十代の少女にしては須賀田は大人びているが、たまにこうした幼い仕草を見せる。

普段は両親を探すため色々と感情を抑制しているのだろう。不憫《ふびん》だった。

「ああいう手合いは、怒りの感情のコントロールが出来ていないんだな。常に衝動的だ。私が所属していた捜査第二課は取り調べが大詰めなんだが、相手をムカつかせたりイラつかせたり出来る刑事が優秀な刑事と言われていたんだよ。あの程度の馬鹿をムカつかせるのは簡単だ」

私は優秀な猟犬だった。それが誇りだった。なのに、野良犬のように蹴り出されてしまった。じわりと怒りが腹腔《ふっこう》で身じろぎする。

――怒りの感情のコントロール。

アンガーマネージメントのキモは、時間とリラクゼーションだ。私は深呼吸を六秒間続けることによってコントロールしてきた。今回もこれで怒りの表出を防ぐことが出来た。

南千住と東京駅八重洲《やえす》口を結ぶ路線バスに乗る。

「有名な『駒形《こまかた》どぜう』ですね！　素敵な建物です」

このバスは、どじょう料理の専門店の前を通る。この店は私もたまにふらっと訪れる店だ。『柳川《やながわ》』をつまみに『カストリ』という、新酒を仕込んだ際に出来る酒粕《さけかす》を蒸留した焼酎《しょうちゅう》の一種を飲むのが好きだ。高橋は、

「みりんの味がして嫌だ」

といって飲まない。まぁ『カストリ』はみりんの材料として使われる事が多いので、そう感じる者もあるかも知れない。私は微妙な味の差などわからない貧乏舌なので、

酔えればなんでもいいというタイプだ。

浅草橋駅前のバス停で降車する。浅草からバスで十分ほどの行程である。ひな人形などの大型店舗やディスプレイ用品の店が並ぶ街で、季節によっては花火専門店になる店もある。

ＪＲ総武線の浅草橋駅に向かう。バスは六ヶ月定期券で乗り放題だ。チャージしておけば、切符を買わなくても改札を通過できる交通系ＩＣカードは、今更だが便利だ。近頃の若者は切符の買い方がわからないそうだが、本当だろうか？

お茶の水駅で急行に乗り換え、新宿で降りた。殴られた痛みは収まり、鼻血もとまった。冷やしていたおかげで、腫《は》れもひいている。

須賀田と並んで新宿駅東口から出る。

目的地の『歌舞伎町郵便局』は、西武新宿駅沿いに進んで『職安通り』に入ったところにあった。

窓口に行って、小沢副局長の紹介状を見せる。足早にカウンターに現れたのは、歌舞伎町郵便局長だった。

名刺交換をする。荒井《あらい》という名前らしい。五十代半ばといったところか。白髪《しらが》がふさふさとした細身の男だった。

「『浅草東郵便局』から申し送りがありまして、お待ちしておりました」

タブレットには、防犯カメラの映像が用意されていた。書類封筒には、申請書の現物が入っている。

防犯カメラ映像を見せてもらう。マスクをしてキャップを目深にかぶった人物が書類を提出している場面だった。

高橋は固太りの大男だ。映像の人物はひょろっとした細身で低身長の男である。彼奴《あいつ》とは似ても似つかない。

本人確認は、運転免許証で行われた。多分、偽造だろう。

身分の証明に偽造運転免許証を使っているということは、『有印《ゆういん》公文書偽造罪』及び『偽造公文書行使罪』に相当する。けっこう重い罪になる。

今は運転免許証や保険証の偽造業者がおり精巧で見分けがつかない。現在発行されているのは、ＩＣチップ内蔵の運転免許証が殆どだが、少なくとも郵便局にはその読み取り装置はない。目視による確認だ。

「警察に証拠として提出するので、映像データ、転居届、『転居・転送サービス』申請書の原本は頂いていきます。よろしいですね？」

本来なら、本人確認が杜撰《ずさん》だったとして、『歌舞伎町郵便局』は高橋に訴えられてもおかしくない。

今回はそこまで追い詰める気はなかった。一応高橋にも確認を取ったが、今のところ訴訟を起こす予定はないそうだ。

「この住所のエリアの集配センターは、『新宿北郵便局』です。警察から命令があり次第、当該住所への配送を中止いたします」

USBメモリに映像データをダウンロードさせてもらい、書類封筒を持って新宿警察署に向かう。

転居届の住所を見る。斜めに歪《ゆが》んだ奇妙な筆跡で新宿区百人町二丁目の住所が書いてあった。

西武新宿線に沿って歩きながら、GPSのデータを確認する。『新宿北郵便局』を経由して、変更先住所に届いたようだ。これも証拠になる。

今回は、事案の内容からして、刑事課が担当だろう。タクシーを使うまでもない距離なので徒歩で移動することにした。花冷えのビル風が寒い。

我々は、歌舞伎町の外れにあるハンバーガーショップでホットコーヒーをテイクアウトした。

我々の背後にあるパチンコ屋の騒がしいマイクパフォーマンスを聞きながら、須賀田と並んで不味《まず》くはないが旨《うま》いとは言えないコーヒーを飲む。
手がかじかんでいたのでカップを包むように持つと、じんわりと温かい。

「あんなに簡単に犯罪が行われるのですね」

映像データにあるような手口で簡単に個人情報は手に入る。本人確認といいながら、犯人はマスクを取ることもなかった。あまりの杜撰さに須賀田が衝撃を受けていた。

「日本は犯罪に対して脆弱《ぜいじゃく》だ。海外型の犯罪が入ってくれば、果たして従来の警察では対抗できるかな？」

須賀田がくしゃりと空になった紙コップを握り潰して、

「どうなんでしょうね？　もはや性善説は通用しないのかもしれません」

詐欺師は特殊な心の動きを持っている。犯罪行為をすることについて反省などしない。唯一、彼らが反省するとすれば、逮捕されるようなヘマを踏んだことについてのみだ。

他者を騙《だま》すことについての良心の呵責《かしゃく》がない者が多い。

「そんな……」

「多くの詐欺師を見てきたが、私の体感ではほぼ全員が、他人を騙すことに罪悪感などなかったよ」

この稼業《シノギ》を続けるのなら、須賀田は『悪』に触れていかなければならない。彼女の叔父の雄太が心配していたのは、この点だ。『集配センターのトップ』とやらを名乗る馬鹿で滑稽《こっけい》な大島主任などは単なる粗暴犯に過ぎない。小物だ。

私もコーヒーを飲み干して、ハンバーガーショップのゴミ箱に紙コップを捨てる。

新宿警察署に向かって歩き始めた矢先、高橋から電話が入った。

「高橋、どうした？」

『どうしたも、こうしたもねぇや。危うく車一台買うところだったぜ』

「車などうっかり買うモノじゃなかろう」

高橋と名乗る男が、海外の自動車メーカーのスポーツカーを買うところだったという。車のディーラーが高橋の電話番号が異なることに気付き、念のため旧・電話番号に確認の電話を入れたことから、相手が偽物だと発覚したのだった。

これは、たまたま高橋が過去に当該販売店のメンバーになっていて、たまたま高橋の知合いの従業員がいて、たまたまその従業員が担当したという偶然が重なっただけだ。この偶然の重なりが無ければ、発覚は難しかっただろう。

犯人は「風邪をひいている」ということでマスクをしていたが、防犯カメラには姿が残っているという。

店内に閉じ込めて警察に通報しようとしたが、刃物を出して暴れたので、取り逃がしたらしい。

「今、転居届を出された件について新宿警察署に被害届を出しにいくところだ。多分、刑事事件になる。証拠になるからその映像データを送ってもらえるか？」

『わかった。犯人が提示したクレジットカードを店で預かったままなので、確保してもらおう』

恐れていた手口でやられた。これで転送の仕組みを悪用すれば、簡単にクレジットカードが作れることがわかった。

水際で防ぐはずの郵便局がきちんと確認しないと、やり放題になる。

須賀田が言ったように、もはや日本では性善説など通用しないのだろうか。

「カードは、素手で触らずに、手袋をして触るように指示してくれ。指紋が欲しい。あとカードに素手で触れた可能性がある店員さんの指紋ももらうかもしれない。予《あらかじ》め話しておいてくれ」

『おお、そうか。さすが元警察官だな。そう伝えておくよ』

†

詐欺師が動きはじめたからには、スピード勝負だ。荒稼ぎをして、あっという間にどこかに逃げてしまう。

高橋との通話を終えて、私たちは小走りに新宿駅東口近くの『大ガード』をくぐる。スマホに着信があり、高橋から映像データが送信されてきたことがわかった。高橋はずぼらでのんびり屋だが、今回は仕事が早い。彼の怒りが透けて見えた。

新宿警察署に到着すると、受付窓口で事情を説明し、刑事課の警察官に来てもらう。中年の刑事がロビーに降りてきて、私に挨拶《あいさつ》した。名刺交換をする。そこに書いてある肩書は、新宿警察署刑事課知能犯捜査係巡査長笹山一輝《ささやまかずき》となっていた。

年齢は四十代後半だろうか。刑事らしからぬ穏やかな顔つきの人物だった。それでいて私を観察する目の配りはベテラン警察官のそれだった。

階級の『巡査長』は警察の職制には無い階級で、一定期間懲戒などを起こさずに勤務し、優れた指導力が認められた者が選考を経て任命される名誉職のようなもの。つまり、今回我々は『当たり』を引いたわけだ。

「どうぞこちらへ」

笹山巡査長が我々を案内したのは、二階にある会議室だった。市民から警察への相談事などがある時に使われるのだそうだ。

「書類を持ってまいります」

そう断って彼は廊下の奥に消えていった。

入れ替わりに入ってきたのは、若い刑事課の刑事で、どこかのスーパーのプライベートブランドらしきペットボトルのお茶を私と須賀田の前に置く。

「どうぞ」

と、愛想《あいそ》笑いをして部屋を出てゆく。

私たちはそれには手をつけず、大人しく座って待っていた。

数分後、笹山巡査長は、ボール紙製のバインダーに書類を挟み込みながら、会議室に入ってきた。

「改めまして、刑事課知能犯捜査係の笹山です。まぁ、警察官との会話なんか緊張されるでしょうけど、気を楽になさってください。あ、お茶もどうぞ」

見た目も声も穏やかで、物腰の柔らかい男だった。相手を威圧するタイプの警察官ではなさそうだ。

私は、高橋の委任状と、私と須賀田の運転免許証を提示した。笹山は、バインダーの用紙に免許証の識別番号をメモし、顔写真と我々の顔を見比べる。

『歌舞伎町郵便局』の窓口が、これくらいちゃんと目視してくれれば、こんな面倒なことにはならなかった。

「まず、お立場を確認いたしますが、お二人は高橋氏から依頼を受けて詐欺かもしれない事案を調査している……と?」

「はい。『産売新聞《さんばい》』の防犯特集の取材の一環です」

突然出てきた言葉に、須賀田が動揺しかけたが、辛うじて無表情を保つ。

興信所や探偵事務所などは二〇〇六年六月に成立した『探偵業の業務の適正化に関する法律（法律第六十号）』によって都道府県公安委員会への届出が義務化されている。

届出をすると色々と制約が出るので、表向きこの法律の適用外となる二条二項に定める『専ら、放送機関、新聞社、通信社その他の報道機関の依頼を受けて、その報道の用に供する目的で行なわれるもの』を主たる業務としていた。

産売新聞に照会がいくと、

「はい、調査を依頼しています」

という回答がされることになっていた。警視庁との密約である。私の他に複数こうした警察の下請けがあるらしいが、詳しくは知らない。

現代の日本では、古き良きアメリカの『探偵モノ』みたいなわけにはいかないのである。

郵便局は勢いで誤魔化せたが、警察相手だと無理筋だ。さりげなく確認をとってくるあたり笹山巡査長はなかなかのクセ者だった。

須賀田と予め打ち合わせていなかったのは私のミスだが、とっさに私に合わせることが出来た須賀田はよくやった。あとで怒らせそうではあるが。

「では、経緯の説明をお願いします」

私は、防犯の手口に関する調査の一環……という態《てい》で、高橋の郵便が窃盗されていることを取材したことになっている。

その取材の過程で、

『本人に成りすました人物が、郵便局に転居届を提出して、郵便物を転送させる』

という手口が浮上。被害者である高橋の委任を受け、どういった犯罪であるかの追跡調査をしていて、これが詐欺事案であることが確認できたと、笹山巡査長に報告した。虚偽の転居届が提出されたことが確認できたので、新宿警察署に来たという経緯を説明する。

証拠として、『歌舞伎町郵便局』が善意で提出してくれた防犯カメラ映像と、自動車販売店が善意で提出してくれた防犯カメラ映像と、犯人と思《おぼ》しき人物が書いた転居届を笹山巡査長に提出する準備があることを告げる。

「え？　車を買おうとしたのですか？」

笹山巡査長の目つきが変わった。

「はい、高橋氏名義のクレジットカードの利用限度額まで使って購入しようとしたようですね」

高橋は資産家なので、度々クレジットカード会社から利用限度額が高額なカードの紹介と申込書が送られてくる。そのうちの一つを使われたようだ。

笹山巡査長が唸《うな》る。節くれだった指でこめかみを掻《か》いた。

「クレジットカードまで作ったわけですね？」

「そう思われます」

私は、その自動車販売店の、詐欺で使われるところだったカードが保管されていることを告げた。

「不審に思った自動車販売店の従業員が、警察に通報をしようとしましたが、犯人と思しき人物はカードを残して逃亡したようです。カードはその販売店で保管しています。そのカードには誰も触れないように指示しておきました—

私はその販売店の所在地と電話番号をメモにして笹山巡査長に渡した。

笹山巡査長は、

「所轄はうちだな。『職安通り』にあるあの店か。ああ……あの一帯は治安が良くないエリアだな……」

などとブツブツと呟きながら、丁寧な字でバインダーに挟んだ用紙に私の証言を記入している。

「ご協力感謝いたします。ちょっと席を外しますね」

メモとバインダーを持って、笹山が足早に部屋を出てゆく。

須賀田がキッと私を睨んだ気配があったので、気付かないふりをした。

須賀田は手で口元を隠し囁《ささや》くような小声で、しかし鋭く、

「あとでお話があります」

とだけ言った。かなり怒っている。それでも、盗撮されている可能性がある時は口元を隠せという教えを守っているあたり、いかにも須賀田らしい。

「悪かったたって……」

そう返事した時、笹山巡査長が戻ってきた。やれやれ、救世主だ。

「ご協力感謝いたします。『歌舞伎町郵便局』には転送を差し止めるように依頼し、

自動車販売店には捜査員を向かわせました。証拠品をお持ちでしたね？」

犯人が書いた届出書類の原本、映像データが収まったＵＳＢメモリを笹山巡査部長に渡す。犯人の指紋が残っているかもしれないクレジットカードに余計な指紋をつけない指示は、改めて感謝された。

「高橋さんは、今回の事案について被害届を出しますか？」

「クライアントの高橋氏はかなり怯《おび》えています。出す方向で進めてほしいと指示されています」

私はシレッと嘘をついた。須賀田は無表情で机の上を見ている。右手はポケットの上から翡翠の原石を握っていた。すまん、須賀田よ。無許可の探偵は平気で嘘をつくものだ。

笹山巡査長は、バインダーに挟まった預かり品リストをじれったいほど慎重に書きながら、

「松戸さんは元警察官ですよね？　そんな匂いがします」

と言って笑った。

高橋の住所の転居先は、受け取り場所に過ぎないと私は予想していた。それゆえ仕掛けたのがGPSで追跡できる装置だった。

郵便局との交渉がうまくいきすぎたのと、高橋の名義を利用した詐欺が想像よりも早く発生したので、警察への被害届の提出が早まったため、仕掛けた追跡装置を勝手に追うことが出来なくなってしまった。

笹山巡査長には、追跡装置を仕込み、現在も稼働中であることを話した。

彼は、違法スレスレのやり口に渋面を作ったが、取材の一環であるという私の主張を飲み込んでくれた。証拠品として私から提出され、その証拠品を警察立ち合いのもとで回収するというのが落としどころだった。

その過程で、犯罪組織の本拠地に肉薄するかもしれないのは『偶然』だ。

捜査車両から許可なく外に出ないという約束で、私は笹山巡査長の捜査に同行させてもらえることになった。TVなどの取材で警察に同行取材するドキュメンタリー番組が放映されることがあるが、それと似たようなものと思ってくれればいい。

私が元・警察官であるということも加味されたのかも知れない。警察は身内の結束が固い。不正の温床になったりすることもあるが、今回はそれが私にとって良いほうに作用した。

自動車販売店から証拠品として、高橋の名義で不正に入手されたクレジットカードを回収してきた若手の刑事が、笹山巡査長が運転席に座る捜査車両に乗り込んでくる。

短髪でがっしりとした体つきの「いかにも柔道やっていました」というタイプの青年だった。知能犯捜査係というより、強行犯捜査係か、組織犯罪対策係向きに見える。

名前は阿部《あべ》というらしい。階級は巡査。知能犯捜査係では指導者でもある笹山巡査長と組むことが多いそうなので、優秀で期待されているホープなのだろう。

彼は、私と須賀田を胡散臭《うさんくさ》く思っているのか、愛想はよかったが名刺交換はしなかった。警察官は名刺交換を嫌がる傾向がある。

笹山巡査長は、その住所にあるアパートの近くに捜査車両を停《と》め、阿部巡査は降車してぶらぶらとアパートの方に歩いてゆく。

彼は郵便受けをさりげなく確認して、捜査車両に戻って来た。

「郵便受けにレターパックライトを確認しました。郵便物が溜《た》まっていましたね。電気メーターの感じからすると、室内に人はいないと思います」

私はGPS追跡装置を作動させた。それは、間違いなくそのアパートにあることを示していた。

そのタブレットの画面を、運転席と助手席の二人に見せる。

「ここは、監視《シキテン》が難しい場所ですが、CCDカメラとこのGPSを使えば、追跡は可能です」

民間人協力者の道具を使って捜査を進めることに阿部巡査は抵抗があったようだが、笹山巡査長の方が柔軟だった。

「ここは、松戸さんがどんな取材をしているか教えてもらう態《てい》でいこう。今にも郵便物を回収に来そうじゃないか？」

私たちは『職安通り』沿いに路上駐車して、CCDカメラの映像をチェックしていた。

須賀田は本物の警察の捜査に同行して、緊張しているようだったが、すごい勢いで経験を吸収しているのはわかった。

笹山巡査長に質問をし、手帳にせっせと書き込んでいる。後進の指導をする立場である『巡査長』という名誉職に就くくらいなので、笹山巡査長は教育者的な性格なのだろう。面倒がらずに須賀田の質問に答えていた。

阿部巡査は微動だにせずに、タブレットのCCD画面を見ている。こちらは、頑《かたく》なで真面目《まじめ》な性格らしい。そういうところは須賀田に似ていた。

私はこの間に、高橋に渡すための調査報告書を作ることにする。溜まる書類仕事を片付けるコツは余暇を惜しんで先読みして書類を作ることだ。

改めて考えると、今回の事案は郵便局の窓口の瑕疵《かし》だ。郵便局には、ごく稀《まれ》に驚くほど低レベルの人間が就くことがあり、『浅草東郵便局』で「俺がルールだ」と噴飯ものの発言をした『クソ漏らしの大島主任』などはその典型である。

成りすましを見抜けなかった『歌舞伎町郵便局』の窓口もなかなかにレベルが低かった。

犯罪者は、こうした間隙《かんげき》を衝いてくる。高橋への報告書は、そのまま私自身への知識の蓄積だ。『まさか!』の重なりで、いとも容易《たやす》く犯罪は行われる。

いわゆる『バリトンボイス』と呼ばれる笹山巡査長の落ち着いた声と、はきはきした須賀田の声が低く交わされる車内で、時間だけが流れてゆく。

「笹山さん、来たみたいです。徒歩なので、近所かもしれませんね。尾行します」

ＣＣＤカメラの映像を見ていた阿部巡査がタブレットの画面を運転席の笹山巡査長に見せながら言う。カメラを仕掛けてから、二時間弱というところか。自動車販売店に現れた人物とも、『歌舞伎町郵便局』に偽の転居届を出した人物とも異なる容貌だった。つまり、少なくとも三人は犯人がいることになる。

このエリアは、十時と十五時頃に郵便配達員が回るので、それを見越して回収に来るらしい。

「GPSが作動しているので、見失う心配はない。無理に接近せずに距離をとって安全に尾行してくれ」

笹山巡査長の指示に阿部巡査が頷き、無線のイヤホンを耳に嵌めながら降車する。同じ姿勢をとっていたので、肩が凝ったのか、彼は首をゆっくり回しつつ、路地に入ってゆく。ポキポキという骨の音が聞こえそうだった。

私は、笹山巡査長からタブレットを受け取り、GPSの動きを報告する。

「量販店の駐車場を横切り、あみだくじのようにジグザグに曲がりながら、大久保小学校の向かいにある公園を横切るようですね」

私の報告を、笹山巡査長が無線で阿部巡査に伝える。

偽の転居届によって転送先になっているアパートの郵便受けから、レターパックライトを含む郵便物を受け取った犯人は、トートバッグにそれらを詰めて歩く。

わざと何度も曲がるのは、尾行をまくためだ。このエリアは細い路地が続いているので、阿部巡査は尾行し辛《づら》いだろうなと思う。土地勘がある新宿警察署の刑事じゃないと簡単にまかれてしまうだろう。

「奴らの家《ヤサ》を突き止めました。このまま張ります。見たところ、三人どころじゃないですよ。あの狭い部屋に十人近く住んでいますね」

それは、不法滞在の外国人犯罪者の様式だった。笹山巡査長も阿部巡査もその読みで動いている。その読みに従うなら、ここから先は、『出入国在留管理庁』とも歩調を合わせなければならない。

「応援を送る。そのまま監視を続けてくれ」

笹山巡査長が無線で阿部巡査に指示しながら、スマホで電話をかけている。

「事案発生です。メールで概要を送りますので、上に報告願います。ええ、外国人犯罪と思われますので、『出入国在留管理庁』にも連絡をとってください。はい、そうです。『捜索差押許可状《ガサ》』の準備も進めておいてください」

かなり先読みしながらの動きだ。普通はもっと内偵を進めてからこうした手続きを進める。

「あいつら、近頃は知恵をつけやがって、内偵されていると感じたら、蜘蛛《くも》の子を散らすように消えてしまうのですよ。あと、これはオフレコですが『例の界隈《かいわい》』がうるさい。こっちは公安案件ですね」

防犯カメラの映像と、ＣＣＤカメラの映像が、重要な情報になると笹山が説明する。内偵は、個体識別のために相手にバレることなく写真を撮らないといけないが、私が郵便局と自動車販売店に現れた二名分の動画を確保し提供している。

現代の捜査は、防犯カメラの映像を集めるところからはじめるのが定石なのだが、それが省略出来たわけだ。

そして郵便物回収の人物の顔もＣＣＤカメラで捉《とら》えることが出来ている。今も阿部巡査によって、アジトと思われる場所に出入りする人物の写真が撮られているはずだ。

捜査員が増えれば、部屋の賃貸を仲介した不動産屋への事情聴取、犯人たちの立ち寄り先や活動範囲の特定などが進められるはずだ。

「ＧＰＳ装置ですが、レターパックライトを開封することによって、追跡されていることがバレませんか？」

笹山巡査長から質問が来る。

「スマホの充電器に偽装された装置なので大丈夫です。実際、スマホの充電も出来るんですよ」

そのＧＰＳ追跡装置をコンセントにつなげた場合、内臓バッテリーが充電されることとなり、故障するまで発信し続けることになる。

「ストーカーが使いそうな代物ですなぁ」

はっはっはと、笹山巡査長が笑ったが、その目は笑っていなかった。

「全くです。現時点では『合法』ですので調査に使っていますが」

私は『合法』を強調して返答し、笹山巡査長と同じくはっはっはと笑った。

目の端で、須賀田がこめかみを揉《も》んでいるのが見えた。

†

新宿警察署の笹山巡査長が、詐欺グループ摘発の初動を見せてくれたのは、獲物をポイントした猟犬へのご褒美のようなものだったのだろう。

脱法スレスレだが、我々のおかげで、最短距離で犯罪グループのアジトと思しき場所を特定出来ている。

だが、同行取材はここまでだった。一調査会社に過ぎない我々はもう、捜査に参加など出来ない。「ご協力に感謝します」で、終わりだった。あとは、警察の仕事だ。

浅草に戻り、今回の顚末《てんまつ》を時系列に沿ってレポートにまとめる。

かかった経費や、人件費の根拠になる。『友情価格』なので、あまり儲けにはならないが、「いい経験になった」と須賀田は満足らしい。

我々は日常に戻って行った。レポートを持って、高橋の事務所に報告に行く。刑事事件になったことで我々の手を離れたことを説明しなければならない。

須賀田は、今回の経費を計算して請求書を作る作業をしている。完成したら高橋にメールで送ることになっていた。

面倒くさい作業ではあるが、これも社会勉強だ。忙しくさせて、『松戸＆須賀田調査事務所』がイリーガルに近いグレーな会社であることを、彼女に追及されるのを避けるためではない。

例によって『ひさご通り』のコンビニエンスストアに寄って、『セブンスター』を買う。財布から千円札を抜き出したのを見て、いつ見ても店内にいる楊が眼《め》を丸くした。

「お財布買ったんですね！」

「口うるさいパートナーが出来たのでね」

楊は首を傾げて記憶を手繰《たぐ》るような様子だったが、ぽんと手を打ち合わせ、

「ああ、あの見目麗《みめうるわ》しいお方ですね」

と言った。楊はたまに古めかしい日本語を使う。仕草は昭和の匂いがした。古い日本の映画が好きなのだと言っていたので、そこから学んだのだろう。たしか小津安二郎《おづやすじろう》監督の作品に魅力を感じると言っていたような気がする。

ポケットに『セブンスター』を入れて『ひさご通り』から『言問通り』に出て浅草寺《せんそうじ》の裏手を歩く。歩きながら、須賀田の叔父の雄太に電話をかけた。

「須賀田依美を守るため、あんたの力が必要だ」

挨拶抜きに私はそう言った。

『いいですよ、なんでもやります』

雄太は内容も聞かずに即答する。

「彼女はある人物を叩《たた》きのめしてしまった。もちろん、正当防衛だ。だが、相手は逆恨みするタイプで、怒りのコントロールが出来ていない。いつか刺される」

私は『浅草東郵便局』大島主任との経緯を話した。

『わかりました。任せてください。依美には指一本触れさせせない』

何の抑揚もない淡々とした口調で、雄太が言う。本当に怖い奴はこういう男だ。

「相手はキックボクシングをやっているみたいだ。一応伝えておく」

『問題ないです。ですが、情報には感謝します』

歩きながら自嘲の笑みが浮かんだ。雄太の弱みを利用した、実に汚いやり方だという自覚がある。

冷たいようだが、須賀田を年長者として、同僚として、守るのにも限界はある。私の優先順位の第一位は、須賀田ではない。

数日後、高橋の事務所へ向かった。屋上に誘われて同行する。そこは喫煙所になっていた。

「今回は助かったぜ」

彼が最も嫌うのは余計な経費だ。監視カメラを取り付けないのもそれが理由である。さすがに、今は取り付けているようだが。

「思ったより、大きな事案になったらしい」

高橋は被害者だが、ここまでことが大きくなると、警察から経緯は知らされない。いったいどうなっているのか、私に聞きたいのだろうが、生憎《あいにく》と私も事案の初動以降は情報が入ってきていない。

証拠として提出した書類やGPS追跡装置は、新宿警察署に赴いて返却してもらった。スマホの充電器型の追跡装置が回収されたということは、あのアパートに『家宅捜索』が入ったということだろう。

報道されないということは、あのアパートも末端の一つに過ぎず、芋蔓式に検挙が行われている最中ということだ。

屋上のフェンスによりかかって、眼下を流れる隅田川を見る。桜並木は既に新緑に染まりつつあり、頬を撫《な》でる風もぬるんでいた。

タバコを二本灰にして、高橋と内容の無い世間話を交わした後、私は再び街に戻った。

隅田川に沿って歩く。スケートボードに興じる若者が、ベンチや花壇を飛び越えるなどして遊んでいる。危ないなぁと思うのだが、案外彼ら彼女らは器用にバランスをとって着地している。見事なものだ。

ローラースケートすら出来ない私には、とてもじゃないが無理な芸当である。

スケートボードで遊興している集団から離れて、水上バス乗り場がある吾妻橋《あづまばし》のたもとまで歩いた頃、紅林から電話が入った。

『よう、松戸。今、大丈夫か?』

吾妻橋の欄干に寄り掛かって、

「少しなら、大丈夫だ。忙しいので、手短に頼む」

と、嘘をつく。暇で散歩していたなどと、此奴に言う必要はない。

『お前がついた詐欺事案だが、身分証偽造グループの存在が明らかになって、新宿警察署に捜査本部《チョウバ》が立ったぞ』

私は当事者ということで、情報の横流しをしてくれるらしい。獲物を咥えてきた猟犬の頭をよしよしと撫でてやろうというわけだ。

『山之内殺害の「豊力」事案が一段落したと思ったら、休む間もなくまた捜査第二課が出張ることになった』

思ったより犯人グループの規模が大きいこと、組織が細分化されていることなどに鑑《かんが》み、所轄ではなく本庁が直々にメスを入れることになったようだ。

紅林が引き続き捜査本部に入ることになったのは、前回の事案である『豊力』を通じ、別の中国人マフィアと身分証偽造でつながりが見えたからだ。

前回の『豊力』と『金子総合開発』の大規模摘発は、警視庁内では大金星と言われ、紅林は表彰されたらしい。

無論、この事案の陰に、私と須賀田が動いていたことは何処《どこ》にも出てこない。

「前回と今回の事案の捜査の途上で、いくつか収穫があった。須賀田も同伴で、俺に会いに来てほしい」

桜田門《さくらだもん》にある喫茶店が指定された。

「わかった」

私はそれだけを返事して、通話を切る。紅林がもったいをつけるということは、私の欲しがっている『敵』の情報か、須賀田が欲しがっている行方不明のご両親の情報のどちらかだ。もしくは、その両方か。

†

我々が喫茶店に到着すると、紅林は既に来ていて、私を見つけると手招きをした。書類封筒があって、おそらく持ち出し不可の情報がここに入っている。こうした密談めいたことをするのは、そういうわけだ。

「よう、松戸。呼び立ててすまんな。須賀田君も元気だったか？」

挨拶を交わして、私と須賀田が着席する。そして、コーヒーを頼んだ。

紅林はよほど疲労しているのか、以前見た時より、顔が黒ずんでいた。白髪も増えたようだ。体は一回り小さくなったように見える。

「体の具合は大丈夫なのか？」

心配して、思わず言ってしまった。

「大丈夫だ。これからは、適当に手を抜く」

苦笑して紅林が書類封筒を我々に押しやる。

「これは、須賀田君に」

私の隣で須賀田が顔色を失う。

ポケットの上から翡翠の原石をぎゅっと握っていた。

「ありがとうございます」

書類封筒を受け取って、中身を確認する。中にはリストが入っており、どうやらこれは偽造された身分証や依頼された誘拐対象者の一覧のようだ。

須賀田が震える指で、名前の羅列を辿《たど》ってゆく。その中に『纐纈』の名前を見つけて、ヒュッと息を呑《の》んだ。

纐纈太郎と小百合《さゆり》の名前が並んでいる。

「山中のコンテナの遺体《ホトケ》の中には、あなたのご両親は含まれていなかった。このリストに名前があったからといって、必ずしも殺害されたとは限らない。希望はすてないようにね」

紅林が、わななく須賀田に慰めの言葉をかける。だが、絶望的だと思っているのをその沈痛な表情が物語っている。

私にはかける言葉もなかった。気丈に耐える須賀田が、ただただ可哀想でならなかった。

数回深呼吸をして、須賀田が改めて紅林にお礼を言う。

その声は震えてもおらず、暗くもない。

「これは、お前に」

紅林がＵＳＢメモリを私の前に置く。データをプリントアウトしなかったのは、「後で見ろ」ということ。

紅林が正体不明の敵を称して『エグいぞ』と言っていたことを思い出す。

「新宿の事案は、読み通りオーバーステイの中国人がマフィア化したものだった。本国から仲間を呼び込むためのマニュアルまで押収されたぞ。組織化が急速に進みつつある。いずれ、警察じゃ手に負えなくなる」

事件の発覚から、捜査本部が立つまで異例の速さだった。警視庁が事態を深刻に見ている証拠だ。

警察が対策しても対策しても、次々と新手の犯罪組織が立ち上がる。

窃盗を組織的に行うベトナム人グループもマフィア化の予兆をはらんでいた。政治家は研修という名目で安価な労働力を外国から求めるのをやめない。

偽装難民が入り込んで、補助金を騙し取る手口も増えてきている。その背後では、公安監視対象の団体が手引きしているという噂があり、警察の内偵も進められていた。

「まったく、『豊力』案件から、ずっと家に帰っていない。今度は新宿警察署にお泊まりだよ」

帳場が立てば、紅林は現場指揮官の一人になる。一番忙しいポストだ。

「離婚しただろ？　家に帰っても誰もいないから、帰れないことを心配するな」

警察官は離婚率が高い。紅林のように、警察関係者以外の女性と結婚すると、離婚率は跳ね上がる。そもそも、忙しすぎて出会いもない。

警察官で職場結婚が多いのは、そういう理由だ。それに、不規則な生活になることにも、同僚なら理解がある。

「ひどいこと言いやがる。俺は傷ついたぞ」

紅林がわざと悲しそうな表情を作る。それにダマされて、今まで落ち込んでいた須賀田が、キッと私を睨んだ。

紅林と一瞬だけ共謀者の笑みを交わす。

須賀田を元気づけるための、小芝居だった。

「さて、ひどいことを言われた私は、新宿に戻ることとする。松戸、須賀田君。またな」

不味いので有名なこの喫茶店のコーヒーを飲み干し、少し皇居のお堀端を歩く。

須賀田は黙って私の後について歩いている。

陽気は汗ばむほどだった。春から初夏に季節は移りつつある。

夕日に変わりそうな太陽を、さっと燕《つばめ》が横切っていた。

†

須賀田雄太は、再び浅草を訪れていた。姪《めい》の依美がストーカー被害を受けているらしいと、彼女の共同経営者である松戸から報告があったからだった。

依美は正義感が強い。そして果敢な性格だ。護身用に格闘技も教え込んである。小学生の頃から剣道を習っていて、二段の腕前だ。だから、彼女が男の暴力に全く怯《ひる》まないことを雄太は知っていた。

だが、卑劣な不意打ちは、避けようがないこともある。曲がり角からいきなり刺されることだってある。

　用心深かった武闘派のアニキを殺したのは、シャブを食ってひょろひょろに痩《や》せた針金細工みたいな男だった。凶器は刃渡り十五センチのナイフ。屈強な自分のアニキが、こんなちっぽけなナイフで死んでしまうのかと、雄太はショックを受けたものだ。

　廃ラブホテルの事務所周辺に、松戸がＣＣＤカメラを仕込んでいて、その映像が雄太のタブレットに送られてくる。

　アーカイブを確認したが、なるほど、見張りがついているのがわかる。彼らが非番の郵便局員らしいことは松戸から聞いていた。

　首謀者は一人。従犯は二人らしい。郵便物を盗むほど職業倫理は崩れていないようだが、エスカレートすれば何をやるか分かったものではない。

　依美を拉致《らち》して、輪姦すると息巻いているという噂があると松戸は言っていた。まさか本気ではないだろうが、いざとなると醜い本性がむき出しになるのが、こうした馬鹿の特徴だ。

　暴走する前になんとかしないと……という、松戸の懸念が雄太には理解できた。

　雄太にとって『恐怖』は本職だった。今は足を洗ってカタギの稼業についているが、どうすれば最大限に『恐怖』を植え付けることが出来るか、よく知っている。

『また犯罪に手を染めるのか』

自分のせいで、依美は未来を狭められてしまった。償いのために何でもやる。たとえそれが犯罪行為だとしても。

首謀者の大島とかいう馬鹿は、松戸の話だと依美に昏倒させられたらしいと聞いていた。

大島は何かキックボクシングを習っていたようだが、依美には歯が立たなかった。腕力自慢らしいので、かなりプライドが傷ついただろうことは想像できる。

『けっこう危険かもな』

屈辱の記憶を上書きするためには、更なる屈辱を依美に加えないとダメだと大島は思い詰めている。そういう輩《やから》を雄太は多く見てきた。

得てしてそういう奴は、簡単に境界《ボーダー》を越えてしまうものだ。

『依美は汚いものを見慣れていない』

松戸や雄太と彼女が決定的に違うのがそれだ。経験の差と言い換えてもいい。

『やはり、やるしかないな』

馬鹿は『恐怖』で躾《しつ》けるしかないことを、雄太は知っていた。驚くほど想像力が欠けている者は存在する。雄太の肚《はら》が据わった。

松戸は町の防犯カメラの位置を把握していて、マップに落とし込んでくれている。防犯カメラの死角がわかるので、どこで仕掛ければいいのか、候補を挙げることができた。

時間帯による人流も松戸は調べていた。偏執的ともいえる居住地周辺の安全確認は、一度怖い目にあった人物の特徴だ。松戸は語らないが、殺されかけたことがあるのだと雄太にはわかった。

浅草は夜の人流が極端に少なくなるエリアがある。

大島の通り道に、防犯カメラの死角と人気《ひとけ》の絶える場所があった。

『手伝おうか？』

松戸から連絡が入る。

そろそろ仕掛けるかと雄太が考えていたタイミングだ。相手の思考を辿る訓練を受けているのだろうと雄太は思った。前職の関係で警察官とは付き合いが長いが、たまにこうした能力を持っている者がいる。

「怖いな」

思わず雄太は口走る。

『ん？　何がだ？』

松戸が問う。雄太は苦笑を浮かべた。

「いや、何でもないです。一人でやります。手を汚すのは、俺だけでいい」

そう答える。

『気がとがめるんだがな』

――何を言っていやがる。

雄太が動くのを計算の上で、松戸は話を持ち掛けている。怖い男だし、狡《ずる》い男だと、雄太は改めて思う。

あえて雄太が乗ってやるのは、依美のためだからだ。松戸にしても、自分の私利私欲のためではない依美の安全のためを思ってのことだ。

そうでなければ、雄太は話に乗らない。

廃ラブホテルの事務所をローテーションで監視している三人は、大島という大柄な男が首謀者だ。ケンカの定石ならまずコイツをつぶす。

二人の従犯はいかにもやる気がなさそうで、大島に無理やり付き合わされていることがはっきりとわかった。

おそらく、事務所から退所する依美を尾行して、彼女の自宅を把握しようとしているのだろう。

残念ながら、依美の現在の自宅はこの廃ラブホテルの中にあり、大島は目的を果たすことが出来ない。

大島はだいぶ焦《じ》れているのだろうが、廃ラブホテル内に侵入する勇気はなさそうだ。

もちろん、従犯二人はそこまでやるつもりはないのが雄太には見えた。

ストーカー行為をしている大島が、非番の日をわざわざ使って依美の監視をする日を雄太は待っていた。

過去の監視カメラの映像から、だいたいの行動パターンも読めている。

大島は夕方から夜まで事務所の出入り口を観察できる場所で、タバコを吸いながら隠れている。

電信柱の陰だ。それで依美が出てこないことに痺《しび》れを切らして帰ってゆく。だいたい、十八時から二十一時の間というパターンだった。

従犯二人は一時間も待たずに帰ってしまう。これだけで、大島の依美に対する執着が透けて見える。

雄太は、松戸から提供された防犯カメラや人流のデータから導き出した地点で大島を待ち伏せていた。

大島が諦めて監視場所となっている電信柱の陰から動き出すのを、雄太はＣＣＤカメラで確認した。

ニット帽を目深にかぶる。引き下げると目出し帽になる代物だ。服は黒っぽいものを選んでいる。街灯と街灯の間の闇に潜むためだ。

久しぶりの素手《ステゴロ》での喧嘩だが、雄太には昂《たかぶ》りのようなものはなかった。大島程度の相手など、単なる作業に過ぎない。

闇の中で待つ。浅草観音の近くには、団体観光客向けの『雷おこし』製造体験などが出来る施設がある。その裏手は閑静な住宅街で、大島の住居はここにあった。その帰路の途中で雄太は待ち伏せしている。人通りは全くない。松戸が予め調べていた通りだった。

大島の鼻歌が聞こえてきた。雄太はニット帽を引き下げて顔を隠した。うっそりと立つ雄太を見て、上機嫌で歩いていた大島はぎょっとしたようだった。腕力自慢だけあって、立ち直るのは早い。すぐに両手を顔の前に構え、右足をやや浮かせる。キックボクシングの構えだった。

松戸は顔面に右ストレートを打ちこまれて倒れたらしいことを思い出す。依美はパーリングで大島の拳の軌道を逸《そ》らして、剣道の面の要領で鉄槌《てっつい》を大島の眉間に叩き込んだらしい。それで、大島は昏倒した。

なかなか、顔面を狙った打撃は出せるものではない。どこかで理性のブレーキがかかるものだ。

それに、この状態なら『逃げる』を選択するのが普通の反応だ。迷わず戦闘態勢をとるあたり、境界を踏み越えた男だと雄太は理解した。

依美にとっての脅威になる。「排除しなければならない」と改めて覚悟が固まった。

大島が歯の間から鋭い吐気を漏らし、大きく踏み込みざま、右ストレートを打ってくる。

雄太は頭を振ってそれを躱した。

大島が更に一歩踏み込んで、左肘《ひだりひじ》をカチあげてきた。

ぶ厚い掌《てのひら》で雄太がそれを受ける。

今度は股間《こかん》に膝をカチあげてくる。

左肘を摑んだまま、雄太が身体《からだ》を捻《ひね》って膝を避《よ》けた。指が食い込んだ大島の肘がメリメリと音を立てる。

「痛ぇ」

思わず大島が悲鳴を上げた。その喉に雄太が掌を叩き込む。大島の悲鳴は、踏みつぶされたカエルの断末魔のような音に変わった。

ここまでいくと、もう大島は戦意を喪失していた。

構わず、雄太はうつ伏せに大島を引きずり倒す。制圧時はうつ伏せにさせるのが、定石だ。大島が刃物を隠していても、うつ伏せなら何も出来ない。

大島の背中を雄太が膝で押さえ込む。

左腕はこれ以上捻ると靭帯《じんたい》が切れるか、関節が外れるところまで捩《ね》じりあげている。

その痛みのあまり絶叫しているが、喉を打たれた大島は、大声を上げることすらできない。

雄太が大島の耳に顔を寄せる。

「須賀田依美に付きまとっているようだな」

膝で背骨をごりごりと圧迫しながら雄太が囁く。

大島は何かを言おうとしていたが、潰された喉では何も発音が出来ない。

「もう、やめろ。今日は罰として、肩をもらっていく」

雄太が腕をもうひと捻りすると、ポクンと右肩が脱臼《だっきゅう》した。肩が脱臼すると激痛が走る。痛みは『恐怖』となって、大島を萎縮《いしゅく》させた。

「次は膝をもらう。杖《つえ》無しでは歩けない体にしてやる。その次は延髄だ。延髄をやられると、車椅子生活になるぞ。いいのか？」

大島がいやいやと首を振る。恐怖のあまり嗚咽をもらして泣いていた。

「お前の生活は筒抜けだ」

雄太が大島の住所を耳元で囁くと、彼は竦み上がってしまった。

「ちゃんとやめたかどうか、見ているからな」

大島は、『わかりました』とでも言うように、今度はがくがくと首を縦に振る。

雄太が押さえ込んでいた膝を外してやると、大島は胎児のように体を丸め、痛む左肩を抱いて震えていた。

立ち去り際、雄太は思い切り大島の顔面を踏みつけた。大島の鼻から血が流れる。

これは、松戸の分の意趣返しだった。

雄太がポケットからスマホを出して、松戸に電話をかける。

「あなたの下調べのおかげで、すんなりいきました」

『そうか。それはよかった。どうも私は荒事が苦手でね』

何を言ってやがる……と、雄太はまた心の中で呟《つぶや》く。あそこまで段取りを組めば、もう腕っぷしの問題ではない。松戸は格闘戦が苦手でも、喧嘩は強いのではないかと雄太は思っている。怖い男だと、改めて思う。

「これで、依美は安全だ。松戸さん、気を配ってくれて感謝する」

素直に雄太は感謝の気持ちを伝えた。

『前途有望な若者を守るのは、おっさんらの義務だよ』

依美の可能性を狭めてしまった張本人の雄太の胸がチクリと痛む。

だが、見たところ、依美は楽しそうに新しい生活を受け入れているようだった。

思い詰めたように、行方不明となった両親を探すより、ずっといいと、雄太は思っていた。

松戸の抜け目ない捜査手順は、いつか依美の役に立つ。

「あらためて、うちの依美をよろしくお願いします」

そう言って、雄太は電話を切る。

浅草観音にいびつな十六夜《いざよい》がかかっているのが見えた。

エピローグ

波の音が聞こえた。日本海に面した糸魚川の河口『ヒスイ海岸』は、漂流物を拾うビーチコーミングで観光客が訪れる。

小学生になったばかりの纐纈依美は、父と母を後に従えるようにして、翡翠《ひすい》の原石を夢中になって探していた。

「おとうさん、あったよ！」

白い石に緑色の鉱石がはまっているのが、翡翠の原石だった。

「依美は、いい眼《め》をしているなぁ。なかなか見つからないんだよ」

褒められて、依美の顔がぱぁっと輝く。

空は青く、海は波が荒いがとてもきれいだった。

「お母さんの分もさがしてあげるね！」

「走って転ばないようにね」

「だいじょうぶ！　わたし『うんどうしんけい』がすごくいいんだって！」

しばらく探していると、とても大きな原石があった。依美が好きなハンドボールほどの大きさがある。

「すごいよ！　こんなに大きいの見つけた！」

依美はさっき見つけた翡翠の原石をポケットにしまって、大きな原石を抱えて持ち上げた。

「違うよ、依美。それは翡翠じゃない」

「違うわ、依美ちゃん、それは翡翠じゃないわ」

両親の言葉に依美は手元の大きな翡翠の原石を見た。

それは、頭蓋骨《ずがいこつ》だった。

依美が悲鳴を上げてそれを取り落とす。腰が抜けてストンと尻《しり》もちをついた。

見渡せば、石が敷き詰められていると思っていた海岸が、頭蓋骨で埋め尽くされていることに依美は気付いた。

「こわい！」

泣きながら飛び起きる。

近くにいたはずの両親の姿が見えない。依美は心の底から震え上がっていた。

こけつまろびつしながら白骨で出来た海岸を走る。

幼い依美は、いつの間にか鏡のように静かになった海に両親が寄り添って立っているのに気付いた。

「おとうさん！　おかあさん！」

海に入ろうとしたが、まるで氷のように海水が冷たく、飛《と》び退《の》いてしまった。

「こっちに来ちゃだめだ」

「こっちに来てはだめよ」

両親が、泣いたような笑ったような顔で依美を見ている。

そのまま、二人は音もなく沖の方に流れてゆく。

「いやだ！　いかないで！」


須賀田依美は、叫びながらベッドから飛び起きた。住んでいたタワーマンションの寝室ではないことに、パニックの波が押し寄せる。

枕元に置いた、翡翠の原石を握りしめて、

「あれは夢、あれは夢」

と念じる。過呼吸は収まり、ここが浅草の廃墟《はいきょ》になったホテルであることに気付く。

開けた窓から、隣室の松戸のタバコの匂《にお》いが漂ってくる。

タバコの銘柄は、父が吸っていたタバコと同じだった。

ハルキ文庫

た30-1

ワイルドドッグ 路地裏《ろじうら》の探偵《たんてい》

者 鷹樹《たかぎ》烏介《あすけ》

2023年10月18日第一刷発行

行者 角川春樹

行所 株式会社角川春樹事務所
〒102-0074 東京都千代田区九段南2-1-30 イタリア文化会館

話 03(3263)5247(編集)
03(3263)5881(営業)

刷・製本 中央精版印刷株式会社

ーマット・デザイン 芦澤泰偉
紙イラストレーション 門坂 流

ISBN978-4-7584-4597-9 C0193 ©2023 Takagi Asuke Printed in Japan
http://www.kadokawaharuki.co.jp/[営業]
fanmail@kadokawaharuki.co.jp[編集] ご意見・ご感想をお寄せください。